我的隐形斗篷

[韩]高嬉贞 著 [韩]金旼俊 绘 周靖童 金晶 译

中信出版集团 | 北京

故事大王有话说

致梦想成为材料工程师的你们

很久很久以前，人们用柔软的泥土烧制陶器，用坚硬的石头制作锋利的石刃，从那时起，人们便开始憧憬一个更加美好的世界。为了创造一个更加美好的世界，当然就要寻找并制作出更加方便使用、美观、新奇的东西。幸运的是，迄今为止人类已经实现了出乎意料的飞速发展。

这告诉我们，要想实现某个目标，必须要勇敢地憧憬它、热切地盼望它。如果连想都不敢想，那只会一事无成。各位小读者，你们的梦想是什么呢？你们一定有自己想要从事的职业吧？可能是医生、老师，也可能是歌手、律师。希望通过阅读这本书，小读者们能够更加了解材料工程师这个职业，能够感受到材料工程学这门学问的迷人魅力。如果在你们之中，能有一些把成为一名材料工程师作为自己的梦想，并且未来实现了这个梦想，那便再好不过了。

成为一名材料工程师是一件非常酷的事。到目前为止，材料工程师们研发出的新型材料给人们带来了极大的帮助。

当然，未来他们研发出的材料同样会成为人类发展强劲的"助力器"。与新型材料相关的研究能让普通人也能实现登月旅行的梦想，让机器人去做原本只有人才能完成的工作，或是能让人们按下一个按钮就马上吃到热气腾腾的美味佳肴。这便是我们无限憧憬着的未来世界！如果你们能成为一名材料工程师去完成这些工作，难道不是件很酷的事吗？

不过，就算你没有成为材料工程师也没关系，但请你一定要去找寻那些让你享受其中的事、那些必要一试的事、那些只是想想都心潮澎湃的事，它们可能会成为你追寻的梦想。

有句话说，未来掌握在有梦想的人手中。只要怀揣一个梦想并为之不断努力，便一定能实现它，我期待着看到你们未来创造的那个美好新世界！

高嬉贞

目录

第1章
我想成为隐形人! 1
- 什么是材料工程学?

第2章
突发事件 17
- 隐形斗篷真的存在吗?

第3章
这里是2030年 41
- 纳米是什么?
- 靠超导奔驰的未来

第 4 章
江小壮和肖大力，英雄出动　67
⭐ 新型生物材料是什么？

第 5 章
一个新的梦想　85
⭐ 你想成为材料工程师吗？

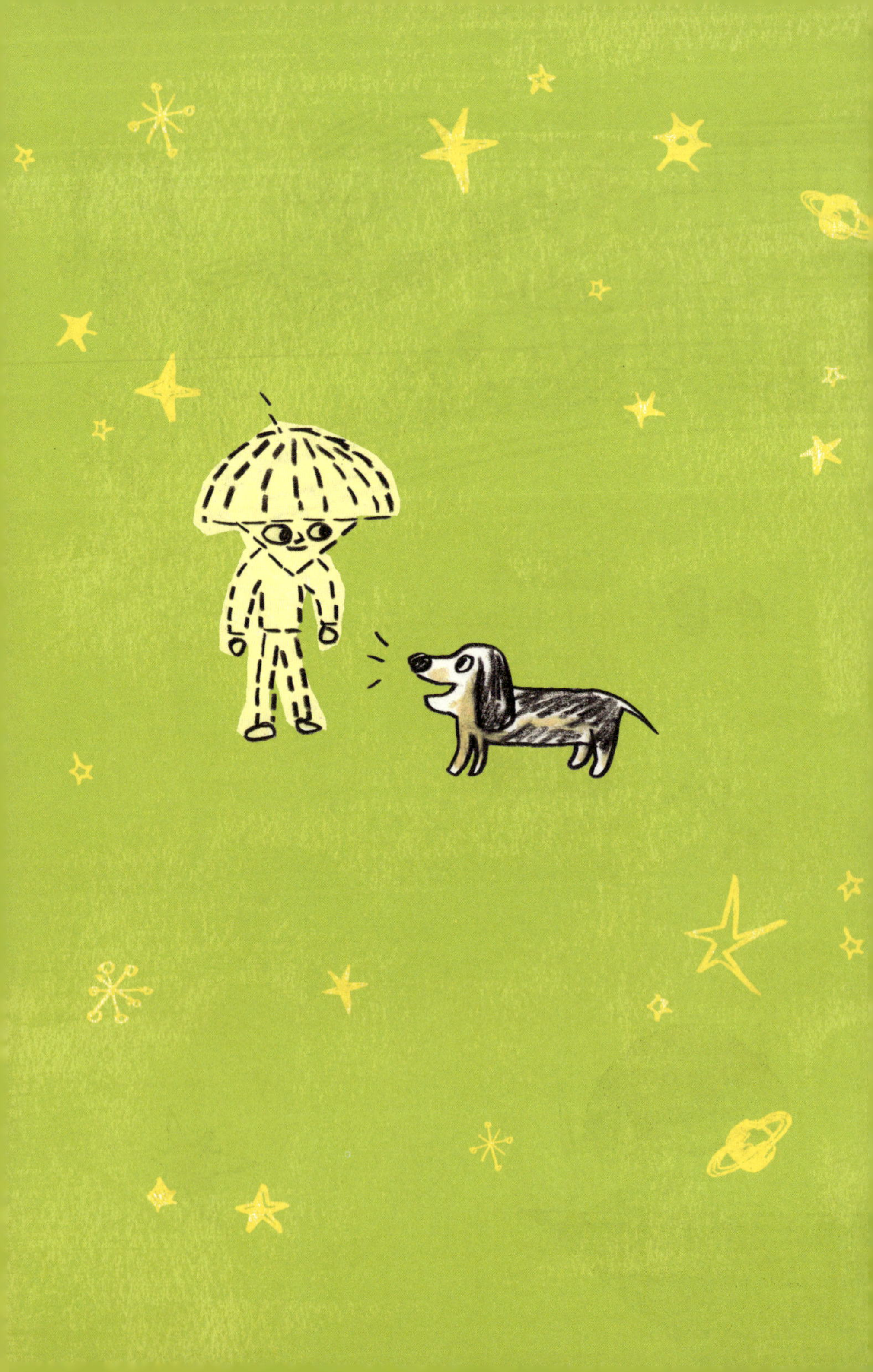

第 1 章

我想成为隐形人！

该来的还是来了，让我想要变成一个隐形人，眨眼间消失不见在那个瞬间。

"谁要踢足球？"

我们班足球队队长车跑跑话音刚落，男生们便一股脑儿地涌了过去。

"我！我也踢！别落下我呀！"

我也好想像他们那样，跟着伙伴们一起去踢球，可是我压根儿没有这样的勇气。

"唉！我怎么像个傻瓜一样呢？"

下一秒，更丢脸的事发生了——我和小爱四目相对。

"小爱全都看到了！"

小爱完完全全地目睹了我那副没出息的样子。我感到丢脸极了，脸上火辣辣的，羞愧得抬不起头。

我叫江小壮，这个名字听起来还挺酷的，而我却并不是"人如其名"。我个子矮小，身体干巴瘦弱，活像一条小鱼干。

在学校里，虽然表面上大家并不排挤我，但实际上却暗暗地疏远我，所以我没法融入他们当中一起玩耍，一直以来在班里就如同一个隐形人一样生活。

尽管我已经几乎习惯了这种隐形人的身份，但还是会经常感到不自在。特别

是像今天这样，有人目睹了我的"耻辱一刻"时，我真的快要哭出来了。

　　我赶快收回自己的眼神，装出一副看书的样子，但脸上还是感觉火辣辣的，书上的字一个也看不进去。就这样恍恍惚惚地过了一个下午，这期间发生了什么事我一点儿印象也没有了。

　　但让我没想到的是，又一件大事发生了。下课后我刚踏出教室，便咣的一声撞到了一个人身上。

　　"哎哟！"

　　我捂着胳膊抬头看眼前站着的人。他的头看起来有我两个那么大，身材也比我宽出两倍，之前好像从来没见过他。

　　"这是谁呢？"

突然，我听到有人说："他就是肖大力吧？"

"对。江小壮被他抓了个正着啊，嘿嘿。"

"肖大力！"

听到这个名字的一瞬间，我脑袋嗡的一响。

这个名字最近在同学们之间已经被提起过无数次了！记得以前杨昌秀仗着自己是四年级的"老大"，到处欺负同学，后来刚转学来的肖大力一拳就把他打倒了。就这样，肖大力晋升为了四年级的新"老大"。就是他！

"我该怎么办啊？今天也太倒霉了吧。"

肖大力皱着眉头，俯视着吓得胆战心惊的我，说："把脚拿开。"

啊呀！我的右脚正踩在肖大力的左脚上，我连忙抬起脚，对他说道："对……对不起。我没注意到！"

肖大力一脸冷酷地瞪了我一眼，然后头也不回地走掉了。

这个世界为什么要这么残忍地对待我啊？估计明天一早，今天发生的事情就会传遍整个四年级，不，是传遍整个学校。被四年级的"老大"肖大力盯上，我今后的人生之路无异于是"死路一条"啊，大概以后大家不会再暗地里排挤我，而是会正大光明地疏远我了。

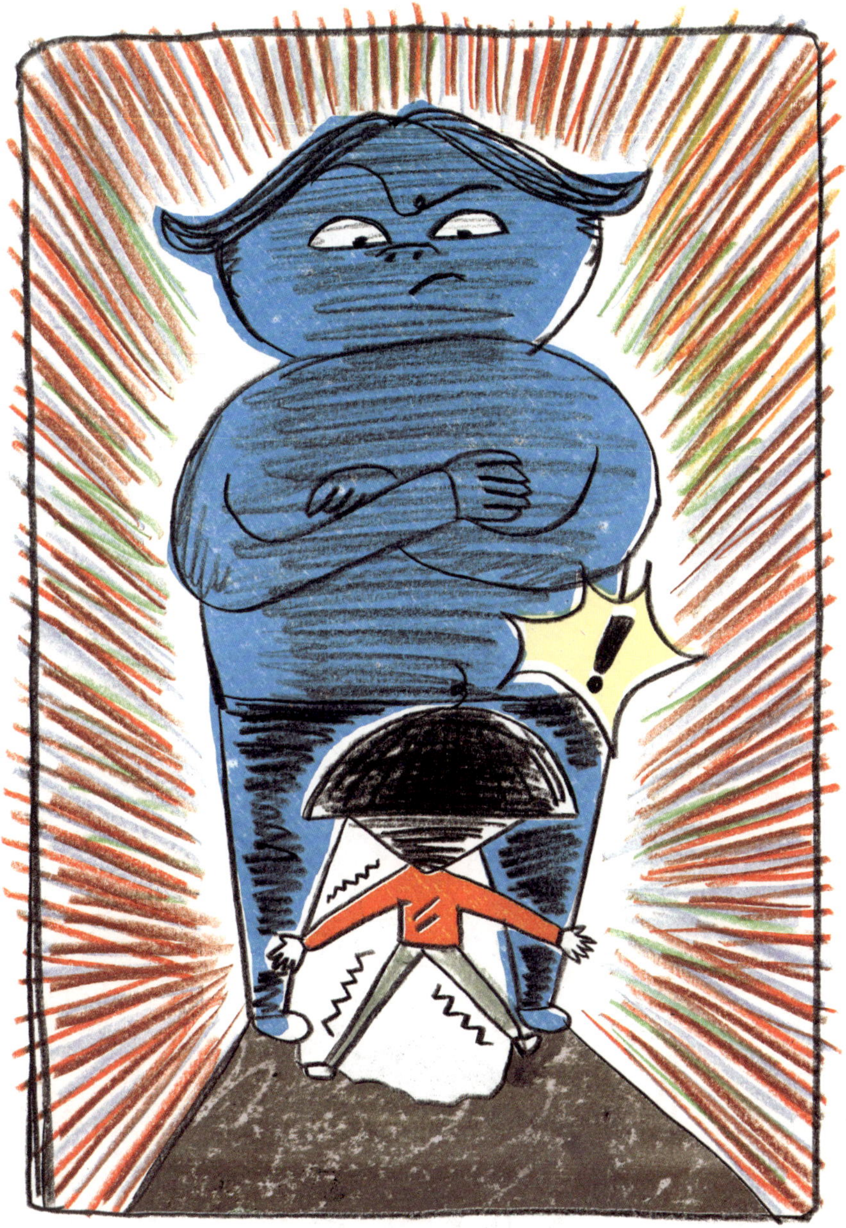

一回到家，我便感到浑身无力、头昏沉沉的。坐着休息了一会儿，突然想起了我的钢铁侠玩具，我便把它从藏在床下的百宝箱里拿了出来。

我 7 岁的时候，得到了一部当时特别有名的漫画书，钢铁侠便是那部漫画里的一个机器人角色。在我的死缠烂打之下，妈妈终于给我买了这个钢铁侠。拥有它的那一刻，我感觉自己好像真的变身成了钢铁侠。全身上下充满力量，好像可以直面世界上的一切邪恶力量，与它们大战一场。

不过没过多久，我就长大了，明白了自己压根儿没法成为钢铁侠这件事。尽管如此，一直到现在钢铁侠对我来

说还是最珍贵的朋友和偶像。

"排挤同学的人都是坏孩子！向他们发起攻击！嗖，啪，砰！成功！正义的勇士——钢铁侠！"

借助钢铁侠的力量，我在脑海里狠狠地教训了一顿班里的坏孩子们，这才心情稍稍好了一些，尽管这在现实生活中是绝对不可能发生的事。

那天晚上，爸爸看着新闻突然大声欢呼了起来。

"哦，对！就是那个！"

"怎么了，爸爸？"我立刻问道。

爸爸把手放到嘴边，对我说："嘘！看完这个我再告诉你。"

新闻里一名主播正在介绍着什么。

"这种新材料彻底弥补了此前使用的人工关节材料所存在的问题，今天我们要向大家介绍的人物是世界知名材料工程师纳诺曼博士。最近，纳诺曼博士研发出了用于制造人工关节的钛合金新材料，将钛合金新材料用于制造人工关节，迄今为止尚未出现任何术后副作用，并且这种人工关节可以半永久使用。其最大的优点是价格低廉，目前正处于商业化阶段，预计纳诺曼博士研发的这种新材料将在

明年应用到手术当中。"

"真不愧是纳诺曼博士!"爸爸愉快地说道。

这条新闻一播完,我便赶紧向爸爸发问:"什么是新材料啊?"

"首先呢,材料指的是在制造物品的过程中用到的一些基础性物质。所谓新材料,就像它的名字体现出来的那样,是指以前不存在的、新研发出来的材料。"

"那材料工程师就是制造新材料的人吗?"

"对呀。材料工程学这门学问,除了研究这种新材料之外,还会对世界上存在的所有材料进行研究,而研究材料工程学的人就被叫作材料工程师。"

"那这次研发出来的新材料比你们医院现在用的材料要更好吗？"妈妈又问道。

"那当然啦。首先这种材料的特性与组成我们人体关节的特性几乎完全一样，所以术后不会出现任何副作用，而且它的优点在于价格比其他材料都要低。"爸爸回答道。

我的爸爸是一名外科医生，在韩国的膝关节手术领域是很有名气的。

"那价格低有什么好处呢？"我又问爸爸。

"材料价格贵的话，手术费也会随之上涨，那么贫困的人不就无法毫无顾虑地接受手术了嘛。所以只有手术费低，才能让所有人都有能力接受手术啊。"

"那爸爸你不能免费给那些贫困的人做手术吗？"

爸爸大笑着回答道："哈哈哈，是啊，你说的有道理，我也觉得如果真能那样就好啦。"

"爸爸要支付所有材料的费用，还是有点儿难的呀。"妈妈插话说。

材料工程师是制造目前世界上不存在的材料的人，这一点唤起了我的好奇心。回到房间，我上网查了些有关材料工程学和新材料的资料。一个醒目的题目映入我的眼帘：

制作隐形斗篷的超材料

"隐形斗篷？真的有可能制作出隐形斗篷吗？"

我赶快点开这篇新闻来看。新闻里说到，用超材料就可以制作出隐形斗篷，但目前这项技术还在研发当中。

"好可惜啊！"

我苦苦期盼的隐形斗篷，如果真的存在那该多好啊！如果真的有隐形斗篷，就算花光所有的零用钱，我也一定要把它买下来。

那天晚上我做了整整一夜的梦，在梦里再次经历了学校里发生的那个耻辱瞬间，但不同的是，这次我披上了隐形斗篷，帅气地消失不见了！

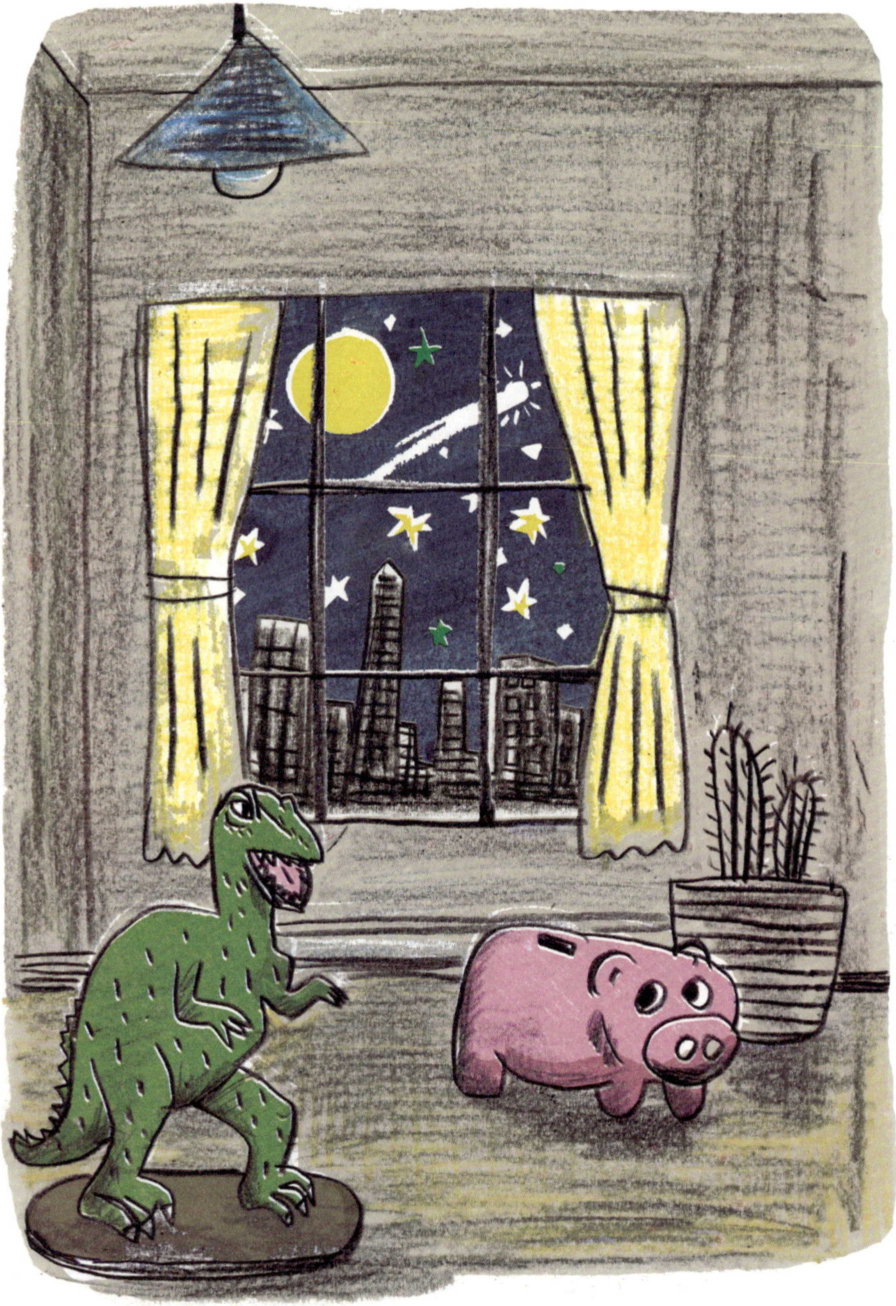

什么是材料工程学？

何为材料工程学？

让我们来看一看我们的周围都有什么？是不是有书桌、铅笔、书籍、电脑等许多物品呢？那么这些物品都是由什么制作而成的呢？制作一个书桌需要木头或金属、塑料等材料，制作一支铅笔需要木头和用于制作铅笔芯的石墨。这样用于制作各种物品的物质就称为"材料"，所有的物品都是由一种或多种材料制作而成的。

每种材料都有各自的优缺点，比如玻璃结实但易碎，金属坚硬但很重，而研究这些材料的性质或结构，并在此基础上发现或制造出新材料的领域就称为"材料工程学"。具有已有材料所不具备的特性的新型材料就称为"新材料"。

震惊世界的材料

有一些材料，如今我们使用起来已经习以为常，但最初被发现时曾让世界为之震惊，让我们来看看这样的材料都有哪些呢？

⭐ 陶瓷

  在石器时代，人们用水和泥来制作陶器，但这样制作出来的陶器即使受到很小的冲击也很容易破碎。那时的人们发现经过高温烧制后陶器会变得更加坚固，材料的性质也会发生改变。

  当下，为了制造出一些新型材料，人们也会把火作为制作材料的工具。从土地中获取原材料，再在高温下烧制而成的，有瓷器或玻璃等制品。陶瓷不仅可以用于制作器皿和工艺品，还可以用于制作宇宙飞船的外壳、宇宙基地、太阳能电池等。

⭐ 青铜

  青铜是由铜和锡混合而成的合金。所谓合金，是指将两种或两种以上的金属在高温下混合熔化后制成的金属。

  据说从新石器时代开始人们就已经开始使用金属材料了，不过那个时候比起金属，石头用得要更多一些。但公元前 3500 年左右，古埃及第一次制造出了青铜这种材料。青铜能在较低的温度下熔化，所以容易将其熔化制成各种物品，而且它不易生锈，所以常被用于制造武器、首饰、农具等物品。

★ 铁

公元前1500年左右，赫梯王国制造出了一种比青铜更坚硬的金属，那就是铁。铁的熔点比青铜要高，而且很容易与氧气发生反应，因此很难获得纯铁。

铁这种材料被制造出来后，人类世界发生了很多变化。人们利用坚固的铁制农具耕作，从而使农业得到了极大的发展；各个国家用铁制成了各式坚固的武器，发动战争去争夺更广阔的土地，从而出现了许多面积更大、实力更强的国家。但是铁的缺点在于其重量大、易生锈，于是人们又发现了一种比铁更轻且不会生锈的金属材料铝。1825年，丹麦人首次制造出了铝这种材料。

20世纪初，制造出了不锈钢。不锈钢不易生锈，而且十分坚硬，这刚好弥补了铁的缺点。现在，不锈钢多用于制作碗、锅、勺子等各种厨房用具。

★ 塑料

塑料是当今必不可少的材料之一。

最初制造塑料是出于制作台球的需要。当时的台球是用象牙制作的，但随着大象数量急剧减少，人们需要寻找代替象牙的新材料。1869年，美国的海厄特首次制造出塑料，但他制造出的这种塑料存在偶尔会爆炸的缺点。1909年，贝克兰弥补了这一缺点，制造出一种新型塑料。从那之后，塑料就代替金属成了制作各种产品的主要材料。

但问题是塑料不易腐烂，将塑料埋在地下后，需要数十年到数百年的时间才能腐烂。因此，科学界正积极开展关于"生物降解塑料"的研究，这种塑料在自然界中降解所需的时间大大减少，一般只需要1~2年就能完全降解。

★ 合成纤维

合成纤维是指以石油、煤炭、天然气等为原料，用化学方法制成的纤维。和天然纤维相比，合成纤维韧性好、耐磨、轻巧，且遇水不易变形。

最具代表性的合成纤维便是尼龙，其实它是在极其偶然的机会之下被制作出来的。1935年，美国科学家卡罗瑟斯在进行研发合成纤维实验的过程中暂时外出，在此期间，研究员们便拿着材料开玩笑。他们用玻璃棒蘸了瓶子里的聚酰胺，在空中挥动着，结果出现了像蛛丝一样的拉得长长的丝线。后来，卡罗瑟斯又用聚酰胺进行了同样的实验，不出所料，聚酰胺拉出了长长的丝线。这种丝线比蛛丝还细，却比钢铁还强韧，用它制成的材料便是尼龙。

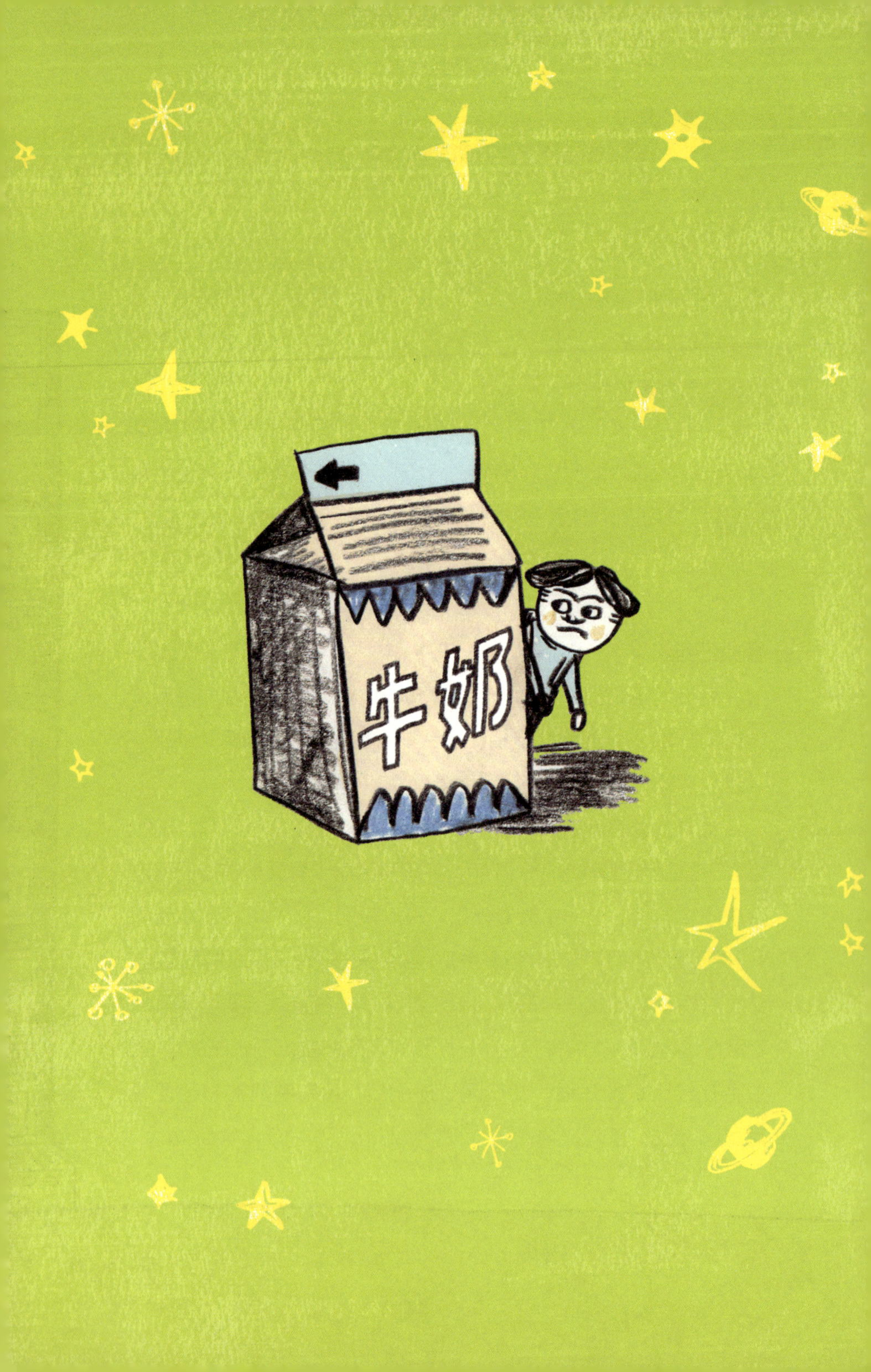
牛奶

第2章

突发事件

"小壮,去把牛奶拿进来。"早上刚起床妈妈就叫我去跑腿。

"好的。"我揉着眼睛打开家门。

哐!

刚刚好像是有个人站在门口,我开门撞到了他,吓得我赶紧把门关上。但是这个时间,谁会在我家门口呢?每天早上我都会去门口取牛奶,但从来没有发生过像今天这样的事情。

我小心翼翼地再次打开门,这次我感到有人迅速地

从门口闪开。透过门缝,我看到一个手里拿着牛奶的人站在我家门口。

这个人我好像在哪儿见过啊,下一秒,我立刻认出了这个人是谁,就是昨天我在教室门口撞到的那个人,我们四年级的新"老大"肖大力!

"啊……"

肖大力好像也认出了我,一脸惊讶,我也慌了神儿,赶紧指着肖大力手里的牛奶说:"那个……牛奶……"

"啊?啊,给……给你。"

肖大力赶紧把手里的牛奶递给我,然后一溜烟儿似的跑下了楼梯。看他就这样跑掉了,我的直觉告诉我肖大力或许是来偷牛奶的小偷。

不过仔细想了想,这似乎又有些不合常理。牛奶也不是什么价格昂贵又十分美味的东西,又何必去偷呢?而且为什么偏偏要偷走我们家的牛奶呢?

马上我就想到了他这么做的理由:他是想报复我吗?

肖大力来偷我们家的牛奶的原因估计就只有这一个了，不过他是怎么知道我家在哪儿的呢？

一想到这，我突然感到背后发凉、毛骨悚然，开始惴惴不安。昨天我担心会发生的事可能已经开始了，而且这只不过是个"开胃菜"，一想到去学校会发生的事，我顿时感觉两眼发黑。

突然，妈妈问道："你怎么了？刚刚是谁来了？"

"没……没有谁。"

我把牛奶放到餐桌上，犹豫了起来，要不要把这件事告诉妈妈呢？在我还在为这个伤脑筋的时候，妈妈看出了端倪，先开口问道："刚刚你在和谁说话？"

"那……那个……刚刚有个人要偷我们的牛奶。"

"谁啊？他为什么要偷别人家的牛奶？"

我又犹豫了起来。他是不久前刚转学来的，是我们四年级的新"老大"，而且因为他我可能要被大家公开排挤

了，要不要把这些都告诉妈妈呢？不行不行。妈妈本来就很担心我在学校不能和大家和睦相处，我不想让她因为这件事更加担心。

妈妈好像突然想到了什么，说道："啊！不是偷牛奶，他应该是来送牛奶的，那是牛奶配送员阿姨的儿子，阿姨身体不舒服的时候就会叫她儿子帮忙。"

这么说，肖大力一大早找到我家来不是来报复我的？太好了，我长舒了一口气，这下总算能把心放回肚子里了。不过到了学校之后不知道肖大力会不会又"变脸"，我还是有点儿担心。

果然，我的预感没有错。

"喂，你叫什么名字？"下课后，我刚刚走出教室，肖大力就拦住了我的去路问道。

我的心扑通扑通狂跳起来，同学们也三三两两地围在旁边看热闹。我努力想装出一副一点儿也不紧张的样子，但我的嘴巴根本不受我控制，结结巴巴地回答道："我……我……我叫江小壮。"

天啊，这真是太丢脸了，我听见周围的同学叽叽喳喳地议论起来："肖大力为什么要那样对江小壮？"

"昨天你没看到吗？他不是踩了肖大力的脚嘛。"

"真的吗？"

这时，肖大力环顾了一下四周，低声对我说："跟我来一下。"

说完便从同学中间挤了出去，先走掉了。虽然这是我早就猜到会发生的事，但脑袋还是一阵阵发蒙，最终我还是放弃抵抗跟着肖大力走了，那时我的样子活像一头被拽去屠宰场的牛，同学们窃窃私语的声音一直在我耳边嗡嗡作响。

肖大力把我带到了学校前的游乐场，我能想象将发生什么。肖大力那能一拳击败杨昌秀的拳头，要是我挨上一拳，大概会被打飞到外太空去吧。如果真是这样，倒不如直接把我打到更远的外太空去，让我再也回不来该多好啊。

说实话，只挨上一两拳，我还能忍受，再多的话恐怕就受不了了。之前大家背地里排挤我，虽然我心里会有点儿难过，但还是能忍受的，因为有时候大家对我的这种无视反而会让我感到轻松一些。

但要是被大家正式排挤的话，那就不一样了。我最担心的还是这件事被爸爸妈妈知道,如果他们知道了,该有多么失望和伤心啊。

要不就向肖大力求饶,求他放我一马吧,虽然这样会伤害到我的自尊心,但这大概是目前最明智的办法了。正当我犹豫该怎么办的时候,坐在秋千上的肖大力招手叫我过去。好吧,大不了就是一死呗。

我紧紧攥起拳头向他走去,不过我一点儿也不想跟肖大力打架。走到他跟前,肖大力突然伸出右脚对我说:"昨天你踩到我的脚了,记得吧?"

当然记得了,那就是我所有倒霉事的开始。

"记得。"我用蚊子哼哼一样的声音小声回答道。

肖大力撩起头发,露出他的额头。

"你看,今天早上因为你,我的额头都肿了。看到了吧?"

我心里默默想,这也太夸张了,看起来并没有肿,只是有点儿红罢了,应该是我突然开门撞到了他的额头。

我松开攥紧的拳头,心里暗暗决定,我要向他求饶。

"对……对不起。我不知道你在那儿,一不小心就……"

听到我的道歉后,肖大力露出满意的笑容对我说:"很好。那就算你欠我的喽。"

"啊?欠你的?"

刚开始听到这句话,我压根儿不明白他在说什么,不过重新想了想,好像又明白了他的意思。所以他是想借口我欠他的来找我要钱喽?但我的口袋里干干净净,一分钱也没有。我缩着肩膀,小声地说:"可是我没有钱……"

"什么?钱?噗哈哈哈!"肖大力一时笑得喘不过气来。

"我什么时候说要钱了?我只是想让你帮我保守秘密。"肖大力在耳边悄悄地对我说。

让我帮他保守秘密？看我一脸迷茫，肖大力继续说道："早上我送牛奶的事，帮我保密。"

这时我想起了早上妈妈说的话，牛奶配送员阿姨身体不舒服的时候，她的儿子会帮她送牛奶。

"可能你不太能理解，但我不想让大家知道这件事，所以这件事你要帮我保密。"

原来肖大力从没想过要勒索我的钱，也没想过要打我，他只是想让我帮他保守这个秘密啊。原本头脑发蒙的我突然清醒过来，不把早上看到的事告诉任何人而已嘛，这根本不是什么难事。

我连忙点了点头。"知道了，我帮你保密。"

肖大力开心地说："那我们走吧。"

他话音一落，我就像在逃亡一样急匆匆地往回走，不知不觉脚步越来越快，尽管这样"逃走"真的很丢脸，但我迫切地想要赶快离开这里，因为离肖大力距离越远，我的心里也越踏实。

没想到的是，新的倒霉事又降临到了我的头上。刚走到游乐场的入口处，突然面前有三个人挡住了我的去路。

"你好啊，小不点儿？"

拉钩

这三个人去年从我们学校毕业,升入了附近的一所初中,是几个到处惹是生非的坏孩子。

前面是三个可怕的坏孩子,后面是肖大力,我彻底陷入了进退两难的境况!

前面是三个人,后面只有一个人,我一边这样盘算着,一边不自觉地往后退,坏孩子们嬉皮笑脸地朝我走来。

"别害怕啊,我们可不是坏孩子,你说是不是啊?"

"就把我们想成是邻居家亲切的大哥哥吧。"

我也想这样想啊,但是他们到处抢别人的钱,不给的话就把人打一顿，这种人怎么可能是亲切的呢。

往后退着退着，我又退回了肖大力站的地方，一直在后方观察"敌情"的肖大力不解问道："他们是谁？"

肖大力刚转学来不久，自然不认识这几个坏孩子。应该说他们是初中的不良少年呢，还是说是学校的学长呢？我犹犹豫豫还不知道怎么回答，这时其中一个坏孩子说道："你们应该有钱吧？快借给我一点儿。"

明明不准备还钱，居然用"借"这个字。

我的心脏又扑通扑通狂跳起来。早知道这样，早上就找妈妈拿些零用钱再出门了。如果拿不出钱，再怎么苦苦哀求他们，这几个坏孩子也绝不会放过我的。

我强忍着眼泪看了肖大力一眼，向他投去了求救的目光。肖大力坚定地对坏孩子们说："我们没钱。"

果然"老大"的气势就是与众不同！他一点儿也不害怕，大声回答他们的样子真是太酷了！不出所料，坏孩子们并没打算放过我们。

"没钱？你再好好想想，真的没有吗？要不然我来帮你找？"

其中一个孩子准备去翻肖大力的口袋，我在心中大声喊道:"就趁现在!一拳打飞他!"

肖大力伸手一把抓住了他的胳膊,对他说:"我说了,没有钱。"

不知道为什么,被抓住胳膊的坏孩子口气已经不像刚刚那么强硬了。他瞪着一双可怕的眼睛说道:"嗯?你竟敢抓我胳膊?"

说时迟那时快,肖大力一下抓起我的胳膊,大喊道:"快跑!"

肖大力推开挡在前面的坏孩子,使劲往前跑,我也稀里糊涂地跟着他跑了起来。过了好一会儿才反应过来的坏孩子们大喊道:"抓住他们!"

肖大力跑得可真快啊,这么大的块头动作怎么能这么灵活,我压根儿就赶不上他。

仔细想想,这简直太荒唐了。四年级的"老大"为什么要逃跑?大概是觉得一个人对付三个初中生有点儿吃力吧。但为什么不是自己逃跑,而是拉着我一起逃跑呢?是因为看我可怜吗?还是觉得不拉我一起逃跑我就不会帮他保守秘密了?

在那一瞬间,许多想法在我的脑海里一闪而过。不过

现在逃跑才是头等大事！要是被抓住，那可就惨了！

就这样拼命地跑了一阵子，我们跑进了一个死胡同，肖大力吃惊地问我："怎么回事？这前面没路吗？"

我绝望地回答道："没有。"

这让我想到了电影里的场面——弱势的一方总是在死胡同里被人杀害。肖大力急得团团转，不知道怎么办才好，于是他试着把头伸进墙边的一个衣物回收箱里。我无奈地笑了笑，那么大的块头怎么可能藏得进去。

确认了自己根本藏不进去之后，肖大力也就死了心，他拿起了扔在旁边的一个大大的斗篷，对我说："就藏在这儿吧。"

听了他的话,我觉得更荒唐了。难道藏到斗篷底下就不会被发现了吗?如果这是件隐形斗篷的话还差不多。

这时远处传来了坏孩子们的声音。"在这里,他们跑到胡同里去了!"

听到他们的声音,肖大力猛地把我推进斗篷里,我蜷缩在衣物回收箱旁,裹着脏乱的斗篷,感觉丢脸极了。与其躲在这么明显的地方被发现,还不如就光明正大地被他们抓到算了。不过我也就是这么想想,实际上已经吓得直打哆嗦,害怕得挪不动脚了。

透过薄薄的斗篷,我看到那几个坏孩子走进了这条小胡同。

"明明是往这边来了啊……去哪儿了呢?"

"那是什么?衣物回收箱!"

这下真的完蛋了,我们

成了瓮中之鳖，只能待在这里等着被他们抓。此时我的心脏跳得越来越快，我紧紧地闭上了眼睛。

"没有啊。"其中一个孩子打开衣物回收箱的盖子看了看说道。

"什么？那他们跑哪儿去了？"

"是不是翻墙藏到那个房子里去了？"

"不会吧……这么高的墙，那两个小不点儿怎么可能翻得过去？"

他们是真的不知道我们就在衣物回收箱旁边吗？是故意在耍我们吧？

"奇怪！明明进了这个胡同的……"

"你是不是看错了？看样子是跑到大路上去了。"

坏孩子们嘟嘟囔囔地向胡同外走去。肖大力也难以置信地说道："怎么回事啊？他们真的走了吗？"

对此我也是很怀疑。"他们是不是装的啊？"

我想他们一定是在胡同口守着呢，准备等我们一出去就抓住我们！一时间，我和肖大力愣在那里，你看看我我看看你，不知所措。

"要不我出去看看？"肖大力小声对我说。

"你被抓住了怎么办啊？"

"但我们一直这样也不是办法啊。"

肖大力偷偷掀开斗篷一角观察了一下四周，然后蹑手蹑脚地向胡同外走去。看着这样一个大块头踮着脚尖轻手轻脚、生怕被人发现的样子，我忍不住笑了出来。

不一会儿，肖大力站在胡同的拐角处，轻轻探出头，环顾了一下四周。

"他们真的走了！"

突然间，肖大力像见了鬼一样看着我惊叫起来："天啊！江小壮！你……你……你！"肖大力指着我结结巴巴地说道。

不明所以的我唰的一下子站了起来。"我？怎么了？"

这下子，肖大力更害怕了，他吓得一屁股摔到了地上。

"天啊！你的身……身体！"

我还以为是那几个坏孩子就在我身后，赶紧扭过头去看，但我身后只有一面高高的墙和一个衣物回收箱。

"你怎么了，肖大力？"

肖大力跑到我面前，把斗篷从我身上一把拽下来，又重新披到了我身上。

"你别动。"

"你要干吗?"

肖大力愣了一下,一下子从我身上拽下斗篷,扔到了地上。

"这……这是什么东西?这斗篷有问题!"

"有问题?什么意思?"

我实在不明白肖大力为什么要这样,急得直跺脚。肖大力指着地上的斗篷对我说:"披上这个斗篷之后你就消失了!"

这是什么鬼话?也就是说这是件隐形斗篷?看我一副不相信的表情,肖大力立刻把斗篷披到了自己身上。

"你看!是不是看不到我了?"

肖大力真的消失不见了!脱掉斗篷后,他又再次出现在了我的眼前。

"怎么样?我说的是真的吧?"

这个破破烂烂的斗篷居然是隐形斗篷?这就是我一直想要的隐形斗篷?这太让我震惊了。

"我简直不敢相信世界上真的有隐形斗篷!"

突然,我想到了昨天在网上看到的那篇关于材料工程

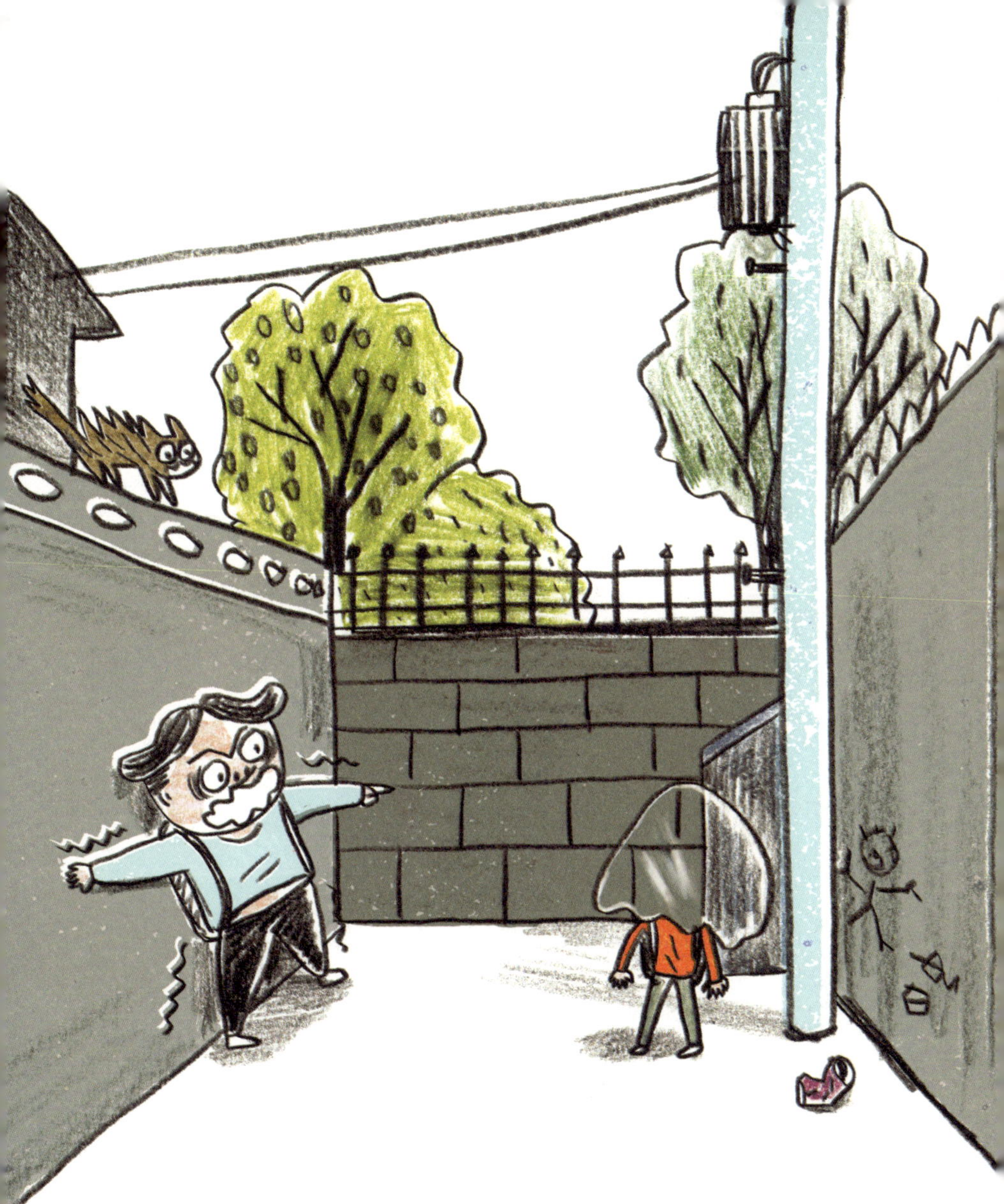

学的文章。

"那篇文章里明明说我们现在的技术还不足以制造隐形斗篷啊!"

这时,我想起了昨晚做的那些梦,说不定我现在还在梦里呢。

肖大力也不敢相信这一切,他伸出胳膊,对我说:"江小壮,你快掐我一下。"

我照着肖大力的胳膊使劲掐了一下。

"哎哟!"

这一切都是真的,我不是在做梦!我们俩惊讶得瞪大了眼睛,面面相觑。这时,肖大力冲我眨了下眼睛,说道:"要不我们把这个拿走吧。"

说实话,虽然我也很想要这个隐形斗篷,但心里多多少少还是有些别扭。因为在那些电影情节中,每当拿走一些稀奇古怪的东西时,总会有不好的事情发生。趁我犹豫不决的时候,肖大力把斗篷卷成一个卷,塞进了自己的书包里。

"你不想拿就算喽,反正我要拿走。"

听他这么说,我连忙回答道:"不不不,我也想要。"

"好!那么这就是只有天知地知你知我知的秘密了哟。"

秘密,我和肖大力之间居然有了只有我们两个人才知道的秘密,而且还是两个。不久前我还怕他怕得不行,现在我们居然成了能分享秘密的关系。下一秒,我便打起了我的小算盘。

"好吧。跟'老大'搞好关系好像也不赖!"

这可比在学校被大家排挤好不知道多少倍。而且目前看来,肖大力好像也不像传说中的那么暴力,他从没有打过我,甚至还在危急关头帮我逃跑脱险,说不定肖大力还有不为人知的善良的一面呢。

我和肖大力一起走出了小胡同。我们说好了,隐形斗篷由肖大力来保管,我需要的时候他可以随时拿来给我。

"他们在那儿!"

突然间,一个熟悉的声音传进我的耳朵,我们顺着声音的方向看去,果然是那几个坏孩子,他们竟然一直在找我们。我迅速拽起肖大力的胳膊,大喊道:"快跑!"

我们又开始了"逃亡之路"。

"喂,给我站住!"

那几个坏孩子身边围绕着重重"杀气",以惊人的速度追赶着我们,我们只能比刚刚更卖力地向前跑,但他们

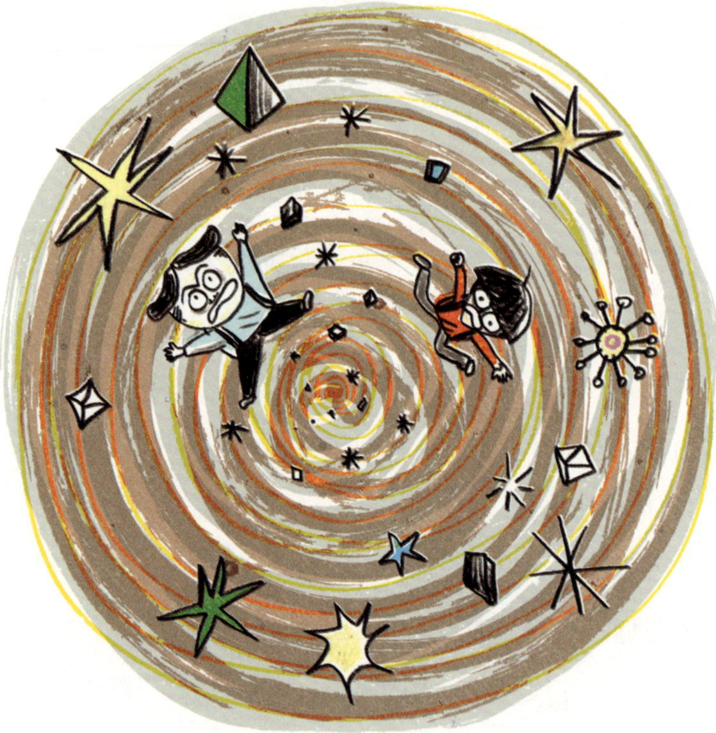

离我们越来越近，这样下去恐怕十秒内就要被抓住了。

这时，我的身子猛地一沉，一下子掉了下去。

"啊啊啊！救命啊！"

"怎么……怎么回事？啊！"

肖大力大叫了一声，也随着我一起掉了下去。

瞬间，我被一片漆黑包围，我们一起掉进了一个没有盖子的下水道。后面追赶我们的几个坏孩子的声音逐渐离我们越来越远。

"又消失了！怎么回事？他们是鬼吗？"

难道我们真的变成鬼了？我们是掉进了地狱吗？

隐形斗篷真的存在吗？

隐形斗篷的秘密

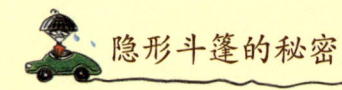

隐形斗篷是一种披上后能让人或物体消失不见的神奇斗篷。

那么，这种隐形斗篷真的存在吗？

实际上，利用超材料便可以制造出隐形斗篷。在英文中，超材料写作 meta material，其中的"meta"源于希腊语，意思是"超越"，也就是说，这种物质超越了自然界中已有物质的固有特性。要想了解隐形斗篷的秘密超材料，首先我们要了解这样一个原理：眼睛为什么能看到物体。

我们之所以能看到物体，是因为物体反射出的光线进入了我们的眼睛。假如物体把光线全部吸收，或是物体反射出的光线不能进入我们的眼睛，再或是光线能穿过一切物体、不被任何物体所阻挡，那么我们便无法看到物体。

超材料便是利用了上述原理，它可以将光线折射180度以上，因此当光线照射到被超材料覆盖的物体上时不会发生反射，而是会被折射180度以上，沿着物体环绕一周，物体并没有将光线反射出来，这样我们便看不到这个物体了。此外，超材料不仅能调整光线，还能调整声音和震动的频率。

遗憾的是，目前超材料还处于研发阶段，世界各地的材料工程师还在不断对它进行研究。如果将超材料涂在飞机上，就能制造出雷达捕捉不到的隐形飞机。用现有技术制造出的隐形飞机，是将一种能吸收电磁波的特殊物质涂在飞机表面，大部分电磁波被这种特殊物质所吸收、无法再次发射出去，所以雷达只能探测到极少量的信号。但如果将超材料涂抹在飞机表面，飞机则完全不会触及从雷达传来的电磁波，从而完美避开它们，雷达没有接收到返回的电磁波，也就什么都探测不到了。

超材料还能够控制声波，如果将它放入建筑物的地面或天花板中的话，就可以解决楼层间的噪声问题。

那么隐形斗篷是用什么原理制作的呢？如果穿上用超材料制作的斗篷，光线就会"绕着斗篷走"，自然就看不到穿斗篷的人，只能看到他后面的物体了。

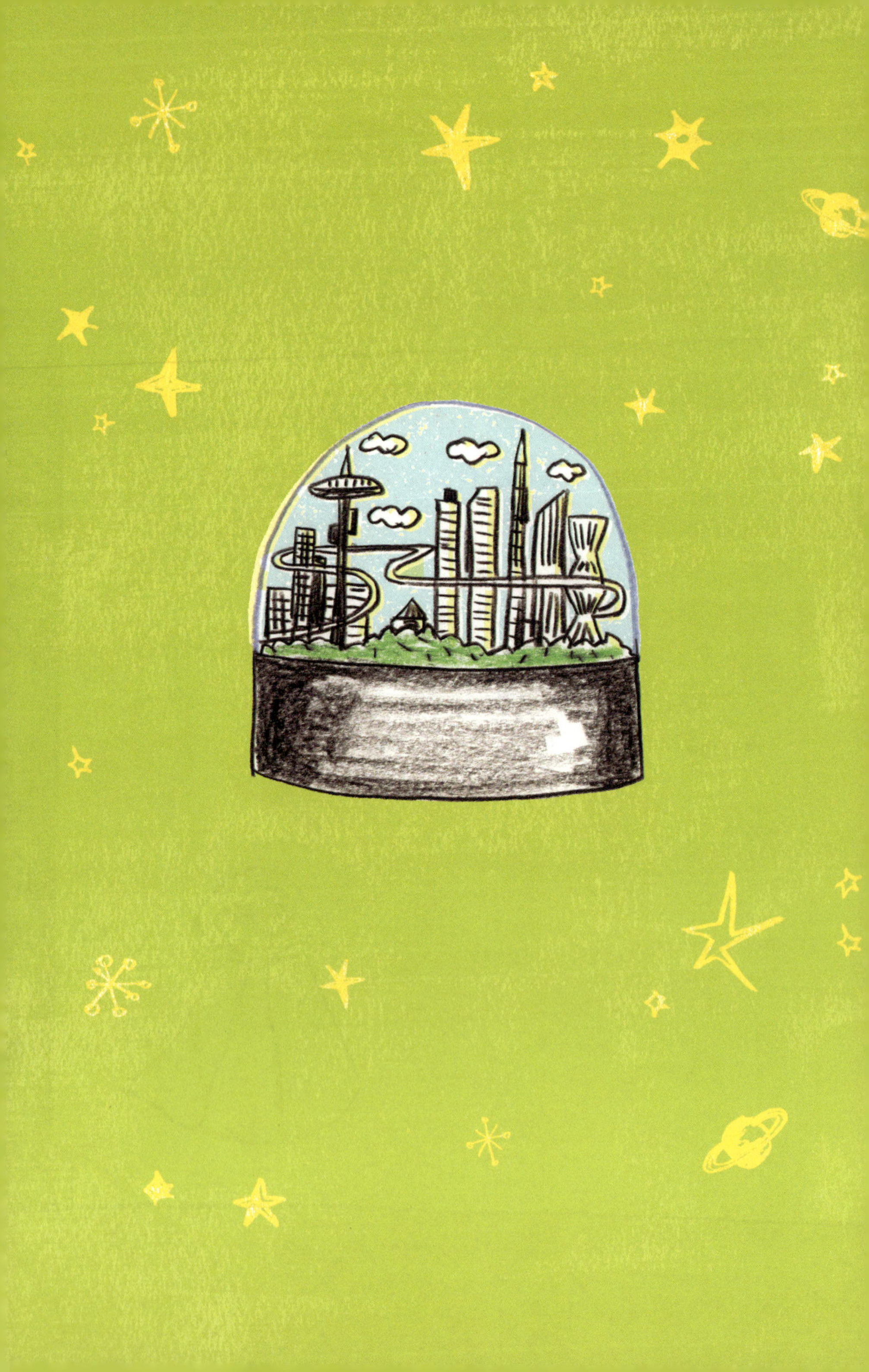

第3章

这里是2030年

"江小壮先生,快醒醒。"

有人摇晃着我的身体,我轻轻睁开眼睛,环顾了一下四周,亮堂堂的,我的心安稳下来,至少这里不是地狱。

旁边站着一位身穿白大褂的叔叔。

"医院?"

难道这里是医院?忽然,我想起了那件隐形斗篷,我居然相信了那件像垃圾一样破破烂烂的斗篷是隐形斗篷。这实在是太奇怪了,当时我一定是精神出现了问题。那这里就是精神病医院喽?于是,我便问那位穿着白大褂的叔叔:"我现在是在精神病医院吗?"

"精神病医院?哈哈哈!"

叔叔大笑起来。我再次看了看四周,四面的墙壁上有许多显示屏和各种操纵装置,医院里是不可能有这些东西的。那这里到底是哪儿?

突然间,我听到了肖大力熟悉的声音。

"江小壮?"

"肖大力!"

我们俩高兴得就像遇到了战场上并肩作战的战友,连我自己都不知道我们什么时候关系变得这么好了。肖大力跟我一样躺在一张简易床上。

穿着白大褂的叔叔对我们说道:"好,既然你们两个都醒了,那我们聊聊好吗?"

等等,这位叔叔好面熟啊。

是谁来着?在哪里见过来着?我怎么想也想不起来。

"我是材料工程师,纳诺曼博士。"

"对了!是纳诺曼博士!"

就是昨天晚上我在新闻里看到的那位纳诺曼博士,他看起来好像比昨天的样子更年长一些,不过他确实是那位

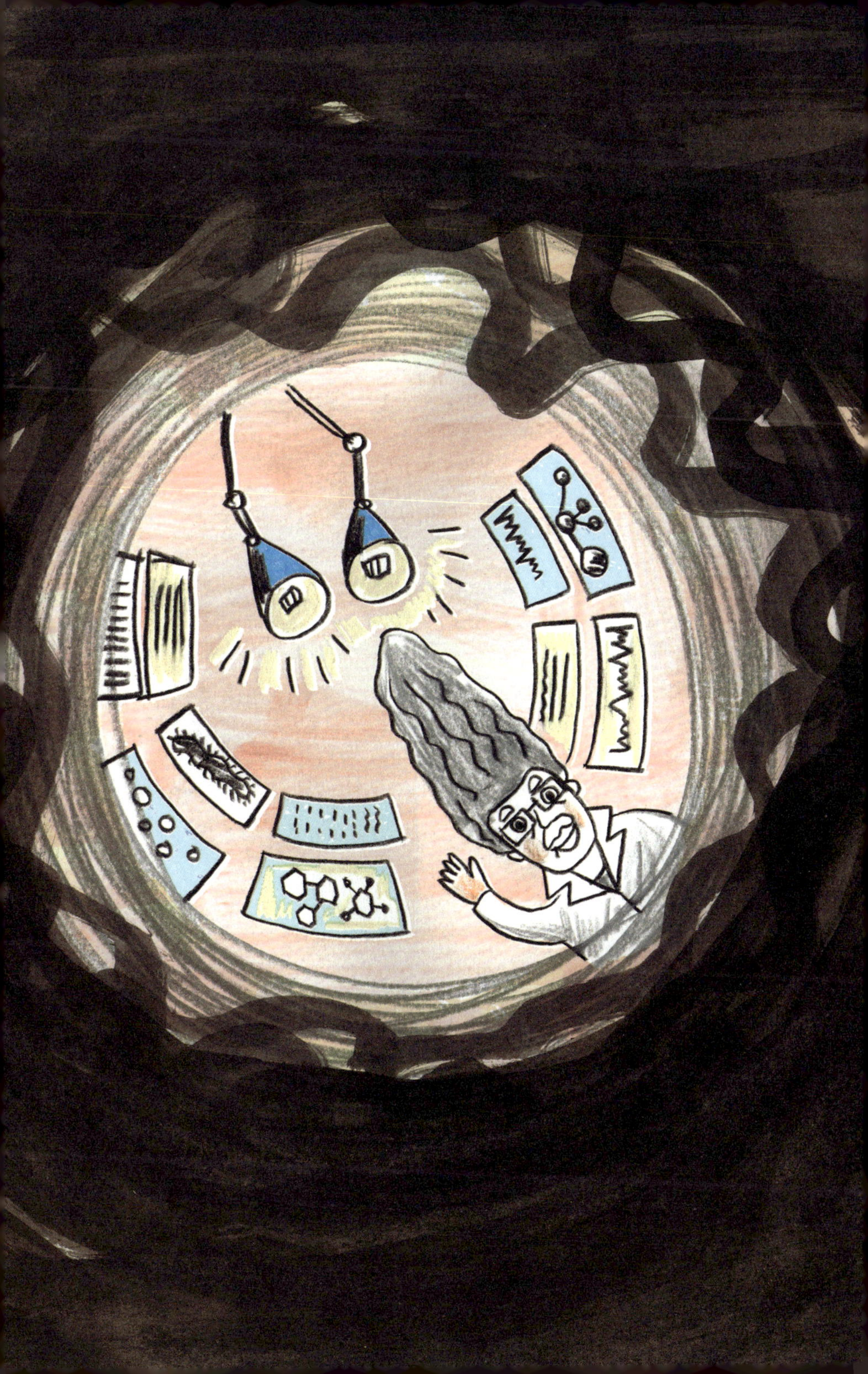

世界知名材料工程师，那位研发出与人体关节具有相同特性的新材料的纳诺曼博士。

我小心翼翼地问道："您是不是昨天新闻中出现的那位博士？新闻中说您制造出了人工关节……"

"哈哈哈！是啊，是我制造出来的。不过那可不是昨天，已经是15年前的事情了。"

不是昨天而是15年前？看我一脸惊讶的表情，纳诺曼博士又说道："现在已经是2030年啦。"

"什么？2030年？"我和肖大力一齐大声说道。

肖大力又问："那么我们现在是到了未来世界吗？"

纳诺曼博士点了点头，肖大力简直不敢相信自己的耳朵，他伸出胳膊对我说："江小壮，你快掐我一下。"

我立刻在他胳膊上掐了一把。

"哎哟！这是真的。"

这次也是真实发生的事情，不过有一点让我感到非常奇怪。

"既然我们来到了未来世界，那为什么我们还是原来的样子呢？"

纳诺曼博士明明比昨天看起来更苍老了，头发花白，大肚子也凸了出来,但我和肖大力跟来到这儿之前的样子一模一样。

肖大力也附和着说道:"对啊,如果这里是未来世界的话,那我们应该已经成为大人了呀。"

随后,纳诺曼博士说了一番我们难以理解的话。"那是因为你们是通过时间隧道来到这里的。"

肖大力和我愣在了那里,我们能相信这个荒唐的故事吗?这时我们披着的那件隐形斗篷闪现在我的脑海中,于是我问博士:"那件隐形斗篷也是与未来有关的东西吗?"

"那是我为了把你们带到这儿才放在那里的。"

怪不得第一次看到那个斗篷,我心里就觉得怪怪的,果然只要拿走稀奇古怪的东西,就一定会有奇怪的事发生。

"那隐形斗篷也是博士制造出来的吗?"

"现在是2030年的话,那是我5年前做出来的。"

"那是怎么做的?"

"好吧,那我给你们讲一讲,不过有点儿复杂哟。想要制造隐形斗篷就需要用到超材料,它是具有自然界中不存在的性质的一种人造物质,而这种超材料能够将光线折射180度以上。听起来是不是有点儿复杂？我们之所以能看到物体，是因为从物体上反射出来的光线进入了我们的眼睛。但当光照射到被超材料覆盖的物体上时，光线就会被折射180度以上，沿着物体表面环绕一圈，这样光线是不会被反射的。那么，光线没有被反射出去，我们自然也就看不到那个物体喽。"

"也就是说不是物体真的消失了，而是因为外面包裹着一层超材料，我们才感觉物体好像不见了一样，是吗？"

我装作自己已经听懂了的样子说道。

"啊！所以说披上隐形斗篷的时候就会消失不见，脱下来之后又会再次出现了呀！"

肖大力也似懂非懂地点了点头。

我觉得这一切既新奇又令人惊讶，很快我又对其他事情产生了好奇。

"但是为什么被选中带到这里来的会是我们两个呢？"

纳诺曼博士认真地回答道："我把你们带到这里，是想让你们成为守护地球的钢铁侠和大力神。"

钢铁侠和大力神？我和肖大力怔住了，你看看我，我看看你。

　　看着我们俩的表情，纳诺曼博士又大笑着说道："哈哈哈！吓到你们了吧？最近我研发了很多新材料，我打算用这些材料把你们变成世界上最强大的勇士，把守护地球的任务交给你们。怎么样？是不是很酷？"

　　天啊，电影中的情节居然发生在了我们俩身上。虽然我常常梦想着自己能真的变成钢铁侠，但我清清楚楚地知道这是根本不可能的，我想有些话还是坦白地告诉纳诺曼博士比较好。

　　"我想您大概是知道我的名字叫江小壮，觉得我很强壮，所以才选择我来做钢铁侠。可是我只是名字叫小壮而已，我个子矮，瘦瘦小小的，又没有力气，而且也不会打架。还有就是，实际上……"

　　我开始犹豫要不要说出下面的话，因为到目前为止我还从来没有对别人说过这些，但是今天我决定勇敢、坦率地说出来。

　　"其实在学校大家都背地里排挤我。"

　　听到我的话，肖大力一脸吃惊地问我："你说什么？大家排挤你？为什么？为什么要背地里排挤你？"

要是我知道原因，我早就改正了，或者也可以选择依旧我行我素。想到这里，我迅速转移了话题。因为对于这件事，我不想再多说什么。

"但肖大力肯定能成为一个大英雄，他可是我们四年级的'老大'，刚一转学来就把之前学校四年级的老大一拳打倒了呢。"

说完，我瞥了肖大力一眼，我可是在称赞他，本以为他一定会得意扬扬地说说他成为"老大"的经验，没想到他一下子涨红了脸，小声地跟我说道："是大家误会我了，其实我不是什么'老大'，是因为太生气了才会跟杨昌秀打架的。"

什么意思？他说自己并不是"老大"？

"其实我妈妈生病了，她腿脚不太方便，但是我们现在又没钱做手术，所以妈妈就只能一直跛着脚走路。那天昌秀看到了我妈妈，他却拿这个来开玩笑，所以就……我实在太生气了，就打了他一拳，结果他就倒下了，没想到因为这件事大家都说我成了四年级的'老大'。"

听完他的话，我彻底蒙掉了，这么说的话这段时间我根本没有理由那么害怕肖大力。

原来一直以来我都误会肖大力了,我只是听信了学校里的那些传闻,却从来没有真正地去了解过他。这跟同学们对待我的方式一模一样,他们不跟我相处、不听我解释,就只是凭着那些成见和偏见躲着我、疏远我。忽然,我觉得有点儿对不起肖大力。

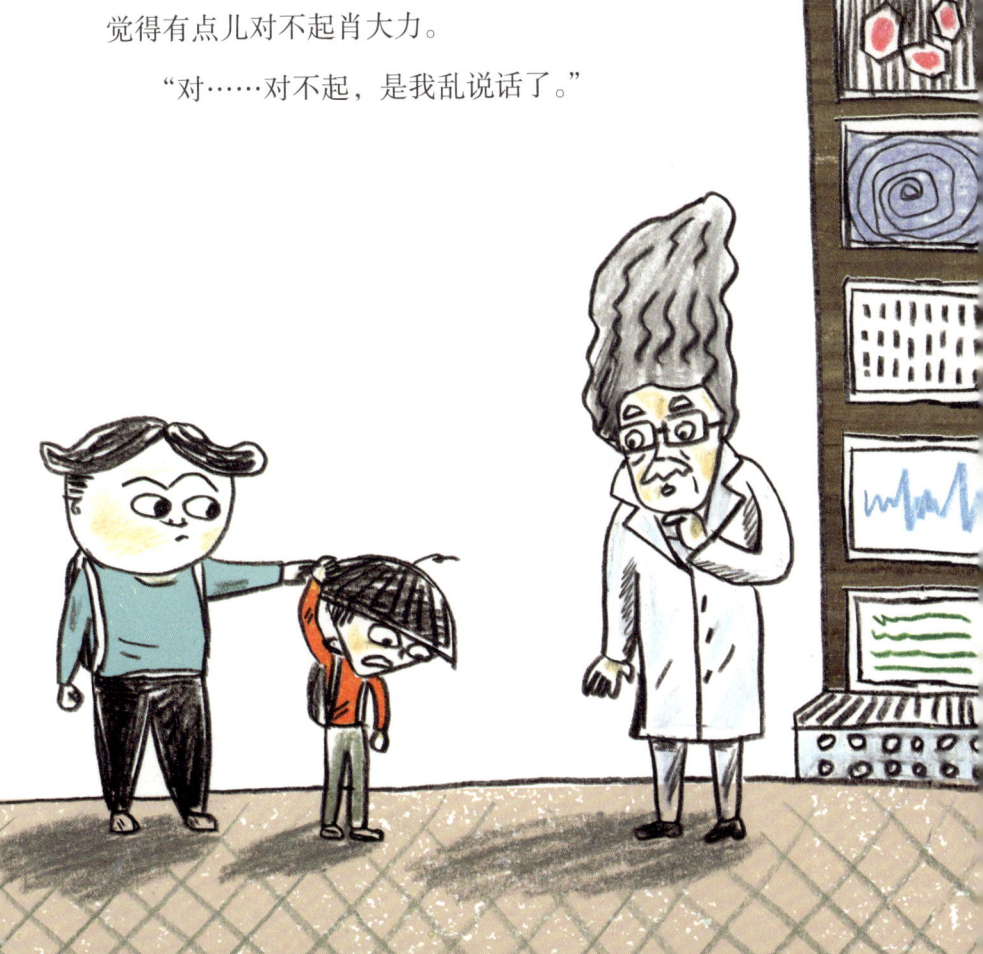

"对……对不起,是我乱说话了。"

肖大力无所谓地耸了耸肩说道:"没关系,反正你也是因为大家都这么说,所以才这样说的。"

这时,站在一旁一直没说话的纳诺曼博士说:"这就是我叫你们来的原因。"

"啊?什么原因?"

听到我的疑问,纳诺曼博士回答道:"你们都是真诚、正直的孩子,之前你们都遇到过难过、伤心的事,以后遇到有相同遭遇的人,你们会更加理解他们。"

我是真诚、正直的人吗?好像不是的,我亲眼看着其他班的行植同学被同学们嘲笑了3年,虽然看到他被欺负我很难过,可是我从没有为他出头过。我怕自己也会被同学们一起欺负。

这时肖大力说:"我只是块头大罢了,不太会打架。别看我叫大力,其实力气小,胆子也小。"

"哈哈哈!"

突然,我也忍不住大笑了起来,这么大的块头确实和小心翼翼的性格一点儿都不搭。

"给你们看个东西。"纳诺曼博士说道。

他对着墙晃了一下手,随后嗡的一声,门开了。

"哇哦！"我们惊讶地叫道。

还有更令人惊讶的事情呢，墙的后面有机器人战服和盾牌，跟电影里的一样，酷极了，还有像是可以飞的汽车。

"这都是用我开发的材料做的，有了这些，你们就会变成钢铁侠和大力神。"

"这些都是什么呀？"我们睁大双眼问道。

"这个机器人战服是用碳纳米管做的，即便被枪打中也能毫发无损，穿上它，你的力量可以比普通人强30倍。"

"什么是碳纳米管啊？还有这样的管子吗？"

纳诺曼博士笑着回答了肖大力的问题："哈哈哈，你是想到水管了吧，不是那种管。这种管是把碳做成又细又长的管状，它的直径只有头发丝的十万分之一，但强度却是钢铁的3倍，这个机器人战服就是用碳纳米管做成的。虽然它很轻，但因为强度很大，所以既不会被枪打透，也不会被火熔化。而且，拳头是用模仿人体肌肉纤维的混合纤维做成的。在碳纳米管上缠绕了'DNA水凝胶'，可以拥有比人类肌肉强30倍的力量，反应速度也会

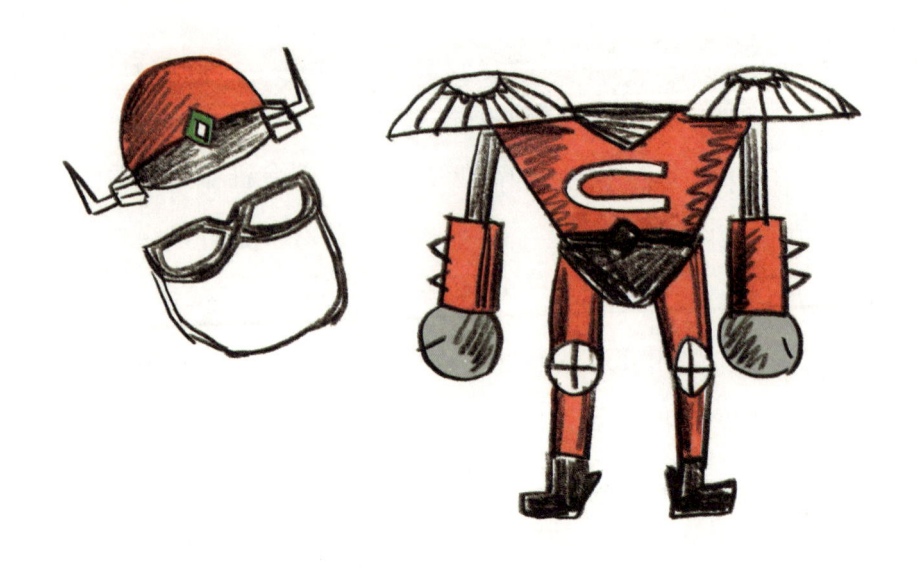

快 100 倍。"

"哇！这简直就是铁拳嘛。"肖大力感叹道。这真的就像漫画中钢铁侠穿的无敌盔甲一样。

肖大力问纳诺曼博士："那这些都是江小壮的吗？"

纳诺曼博士笑着回答道："是啊，穿上机器人战服，江小壮就成钢铁侠啦。"

"江小壮，太好啦。"肖大力一脸羡慕地说道。

老实说，我突然充满了野心。因为既没有力气也没有勇气的我穿上机器人战服，就会成为力大无穷、所向披靡的钢铁侠。

肖大力又问道:"那我的是什么呢?"

纳诺曼博士回答道:"看,这个隐形斗篷和无敌盾牌就是你的。"

"真的吗?谢谢纳诺曼博士!我第一眼就喜欢上这个斗篷了,但这个无敌盾牌是用什么做的呢?"

纳诺曼博士解释道:"这个盾牌是用镁碳混合新材料做成的,就是碳纳米管纤维和镁的复合材料。因为很轻,所以非常好携带,而且又很坚实,可以挡得住子弹。"

想到肖大力穿着隐形斗篷,手里拿着无敌盾牌的样子,肯定帅极了!这时,我们又同时望向了一辆像是可以飞的汽车。

"纳诺曼博士,这个车可以飞吗?"

纳诺曼博士回答道:"准确地说,不是飞,而是浮在铁轨上跑的车。"

如果是浮在铁轨上跑的车,我以前在科学馆乘坐过。就是磁悬浮列车!那么重的列车能够靠磁铁的力量悬浮在铁轨上,真是太神奇了。

"那这个和磁悬浮列车一样吗?"

"差不多,这个车是用超导体制作的磁悬浮列车,时速能达到500千米呢。"

"好快啊!"肖大力惊讶地喊道。

韩国高速列车KTX的平均时速是300千米,时速500千米真的是非常快的速度。时速达到500千米的话,不到47分钟就可以从首尔到达釜山。

"用超导体为什么能跑这么快呢?"肖大力问道。

"所谓超导性,指的是物体在非常低的温度下失去电阻的现象,有这种性质的物体就叫作超导体。而且,如果用超导体,磁场不仅不能进入内部,内部的磁场也会被抵消。这就是'磁悬浮现象',这个车用的就是磁悬浮。"

纳诺曼博士又说道,从很久以前开始,磁悬浮列车就被当作交通工具使用了。科技发展真是日新月异啊,以前只能在科技馆看到的未来交通工具，如今真的成了现实。

肖大力兴奋地问道："那我们也可以坐这个车吗？"

"当然啦，这个车全世界只有3辆，但如果你们成为拯救世界的钢铁侠和大力神的话，随时想坐就可以坐。"

"哇哦！"

但没高兴一会儿，我突然想到我和肖大力还没有驾照。

纳诺曼博士好像猜出了我的心思，说道："这个安装了最尖端的自动驾驶系统，所以你们只要输入目的地，再按出发键，车就会自己驾驶，我在这边也可以远程操控的。还有个更神奇的方法，就是戴上这个眼镜电脑，在脑袋里想要去的地方。"

纳诺曼博士给我们看了一个像眼镜一样的东西。

"这是眼镜电脑吗？这个真的是电脑吗？"我惊讶地问道。

纳诺曼博士回答说："是的，这个眼镜电脑里安装了智能电子控制系统，可以读取大脑发出的信号，所以只要在脑袋里想要去的地方，就可以发动汽车了。你们要不要试一次呢？"

"要！"我们异口同声地喊道。

纳诺曼博士笑着给我戴上了眼镜电脑，之后电脑画面就出现在了眼前。

"哇！太酷了吧！"

透明的眼镜片就是电脑屏幕。

"这是一种透明弯曲的曲面屏画面。"纳诺曼博士解释道。

突然，我想起在电视上看过的曲面屏手机上市新闻。

"就像曲面屏手机一样吗？"

"是的，就是那个。曲面屏开发出来之后，就可以随时随地使用电脑了。再加上使用有碳纳米管芯片的电路和薄膜太阳能电池，大幅度减小了电脑的体积。"

总而言之，一直以来只能在书和电影里看到的东西全部成了现实，而把这些变成现实的就是材料工程。

"怎么样？有了这些，真的可以成为天下无敌的钢铁侠和大力神了吧？"纳诺曼博士说道。

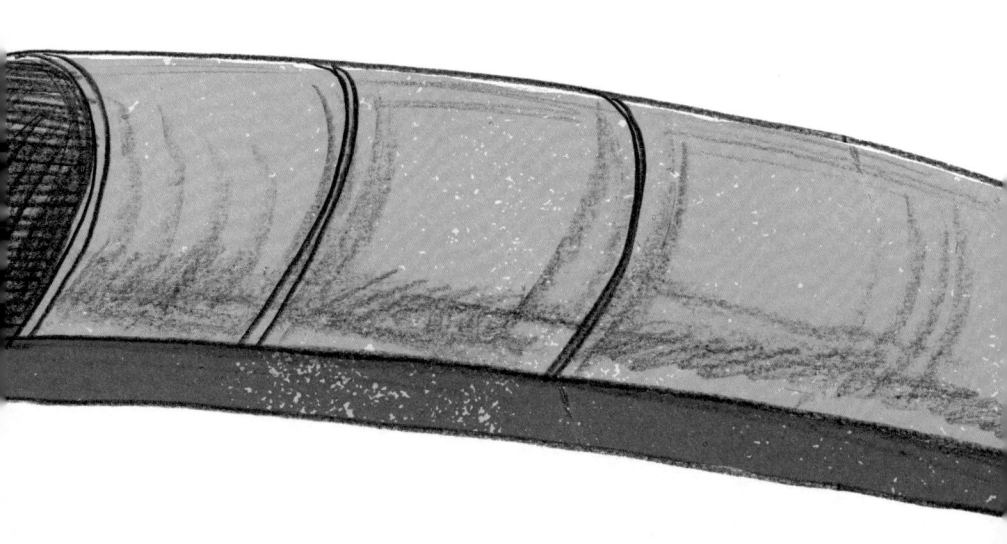

"是啊！真的太酷了！"肖大力一脸期待地回答道。

但我却不能马上回答。我摘掉眼镜还给了纳诺曼博士。

"真的都很酷啊。所以我更没有信心了，万一都搞砸了怎么办？对不起，我没有信心能成为英雄。"

随后，肖大力也犹豫地说道："说实话，我连只虫子都不敢杀。"

"我不是要你们去杀了谁，而是去拯救陷入危险的人们。"

肖大力听后点了点头说："实际上，我好像也没有能力可以去帮助别人。妈妈生病难受，我什么都做不了……呜呜呜。"

提到了妈妈，肖大力突然开始哭了起来："因为家里穷，总是对妈妈发火，还让妈妈操碎了心……我没有资格当英雄，呜呜呜。"

连为生病的妈妈都不能做什么，能有多大的力量呢？肖大力的痛苦也传染给了我。

纳诺曼博士拍着肖大力的肩膀说道："正是因为你有这样的心，才能成为英雄啊，就是那颗爱妈妈的心。"

之后，又看着我说道："江小壮，你没有梦想过有一天成为英雄，惩罚坏人，守护正义吗？"

就像纳诺曼博士说的一样，我每天都梦想着成为英雄。而现在，机会就摆在了眼前，那就应该鼓起勇气去尝试不是吗？

就在这时，电脑发出了阵阵警报声。

"发生事故！发生事故！"

纳诺曼博士把手在半空中一挥，我们面前就出现了个大型显示器。纳诺曼博士大喊道："哪里发生事故了？"

显示器上，发生事故的区域变得越来越大，电脑回答道："地铁19号线未来站。"

地铁站入口，人们尖叫着向外跑。纳诺曼博士急切地问道："发生了什么事？"

电脑回答："恐怖分子挟持了人质，现在在和警察对峙。"

纳诺曼博士点击了一下屏幕，出现了站台的监控画面，警察正用枪瞄准一列车厢。

"那边，快看那边！"我大叫道。

纳诺曼博士再次点击屏幕，切换到了车厢内的3个监

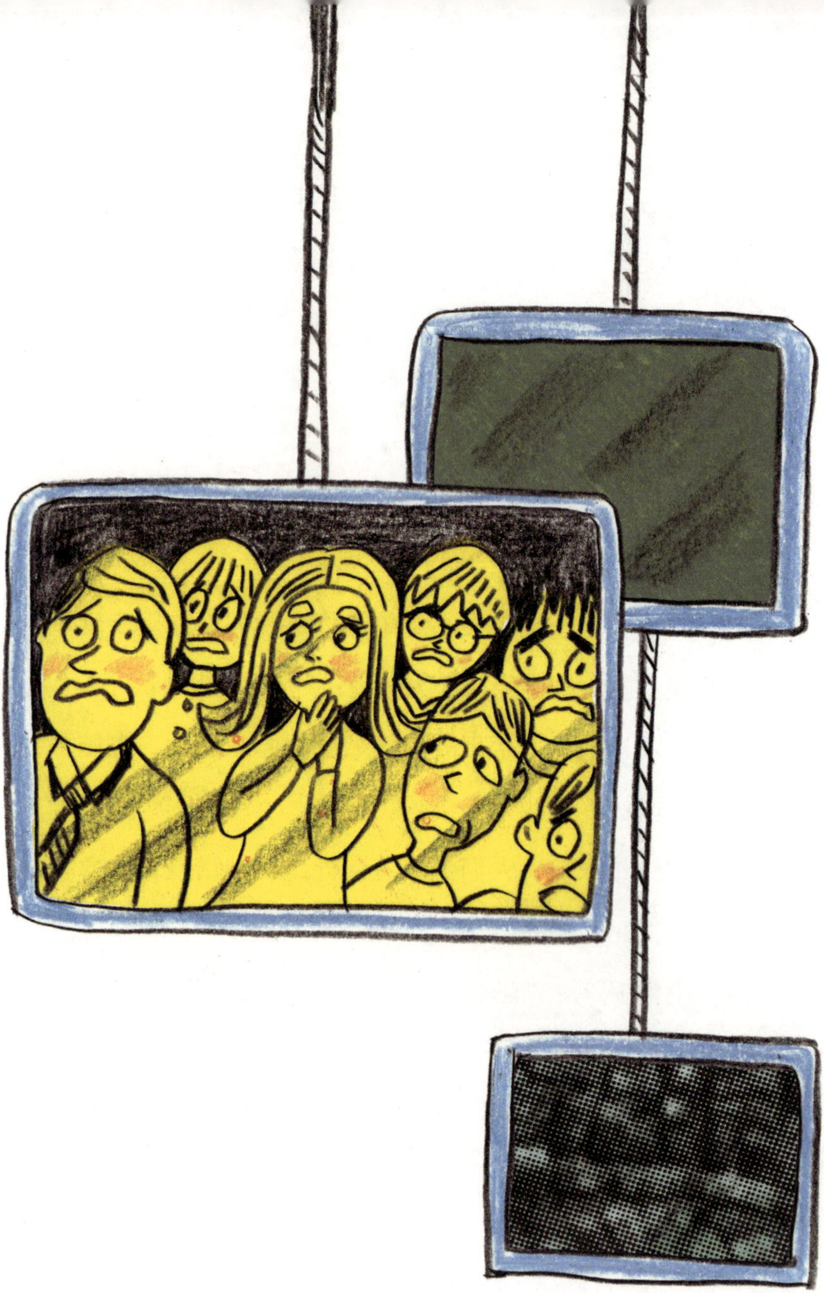

控摄像头。一共有3名恐怖分子,其中两个人把人质集中到一边,拿枪瞄准他们。另外一个人在门口拿枪瞄准警察。

"一共有多少人?"

电脑自动分析了一下画面,回答道:"35人。"

纳诺曼博士放大看了一下人们聚集的地方,突然大叫了一声:"小爱!是小爱!"

小爱!听到这个名字的一瞬间,我猛地一惊!

纳米是什么?

令人惊叹的纳米世界

纳米的英文来源于希腊语,是小的意思。一纳米是一百万分之一毫米,一纳米非常小,是肉眼绝对看不到的。这个长度相当于构成物质的最基本单位,也就是原子并排排 3 到 4 个。大家可以想象到有多短了吧?

用单个原子、分子制造物质的科学叫作"纳米技术"。利用纳米技术,可以将原来的物质变成具有完全不同性质的新物质。比如,我们肉眼可以看到的黄金是黄色的,纳米大小的黄金是红色的;再比如,没有磁性的镍如果变成纳米大小,也会拥有磁性。如果可以利用好纳米技术,就可以制作我们需要的新材料,因此材料工程师都在积极研究这个领域。

比如,如果制造出比白细胞还要小的纳米机器人,纳米机器人就可以像潜水艇一样进入血管,清理掉病毒或癌细胞,还可以将身体所需的药物运输到伤口部位,治疗伤口。

我们身边的纳米技术

★ 纳米银

　　纳米银是将银做成纳米级大小，有灭菌和抗菌功效，普遍用于除味剂、空气净化器、婴幼儿产品。

★ 纳米纤维

　　纳米纤维是由直径只有头发丝五百分之一的纳米线制作而成，直径是普通纤维的百分之一。普通纤维是用线一根根编织而成的，但纳米线的话，只要将它们放在一起，便能自动交织。是不是很神奇？而且织得非常牢固。纳米线非常细，非常轻，而且可以柔软地弯曲，所以用纳米线做的衣服穿起来非常舒服。

　　而且，微粒子和细菌无法穿过纳米纤维，但汗液可以很好地排出。纳米纤维如果碰到子弹或碎片，可以弯曲并吸收其能量，利用这一性质，可以制作防弹衣。纳米纤维表面面积远远大于体积，所以即便尺寸非常小，在短时间内也可以过滤出大量的废弃物。因此，现在正在研究如何应用在人工肾透析网上。不仅如此，如果用和身体组织几乎一致的人工蛋白质制作纳米纤维的话，可以制作身体能吸收的绷带或人造皮肤。

✮ 碳纳米管

纳米纤维中最具代表性的就是碳纳米管，碳纳米管是由六边形排列的碳原子聚在一起形成的圆管。

碳纳米管非常纤细，相当于头发丝的十万分之一，具有各种材料的优点。它比钢硬 100 倍，像铜一样可以导电，而且还像钻石一样可以导热。因为内部是空的而非常有弹性，作为未来新材料备受瞩目。

用碳纳米管做成的衣服非常轻且不会被枪打透，十分结实。因此，可以做防弹衣或军用头盔。现在正在研究制作钢铁战服，就像电影中的战服一样，就算中枪也能毫发无损。

不仅如此，现在还在进行另一项研究，就是模仿人体肌肉的肌肉纤维，制作人工肌肉。将"DNA 水凝胶"物质缠绕在碳纳米管上制作而成的物质叫作"混合纤维"。DNA 冰凝胶对电流敏感，碳纳米管非常有弹性，而混合纤维同时具有这两者的优点，因此可以像人的纤维一样不仅可以自由拉伸，还对电流刺激十分敏感。如果这个纤维可以自己释放能量，可以释放出比人体肌肉强 30 倍的力量，反应速度也快 100 倍。

靠超导奔驰的未来

靠超导奔驰的未来

所谓超导,指的是金属或合金的电阻在极端低温(零下273度)下,突然变为0的现象。如果电阻消失的话,完全不会出现电损耗。所以,如果电流在电路里流动的话,就会永远地流动下去。呈现这种现象的材料就叫作"超导体",超导体内电流的寿命至少有10万年。

磁悬浮列车

一般来说,如果磁铁靠近金属,都会吸附在金属上,但超导体反而会将磁铁推出去。磁场无法进入超导体的内部,超导体形成前内部存在的磁场也被抵消。这个现象就叫作"磁悬浮现象"。利用这个原理,可以制造出悬浮在铁轨上面行驶的列车。因为列车悬浮在铁轨上面行驶,所以没有摩擦力。没有摩擦力,就没有噪声或震动,也没有能量损耗,可以高速行驶。

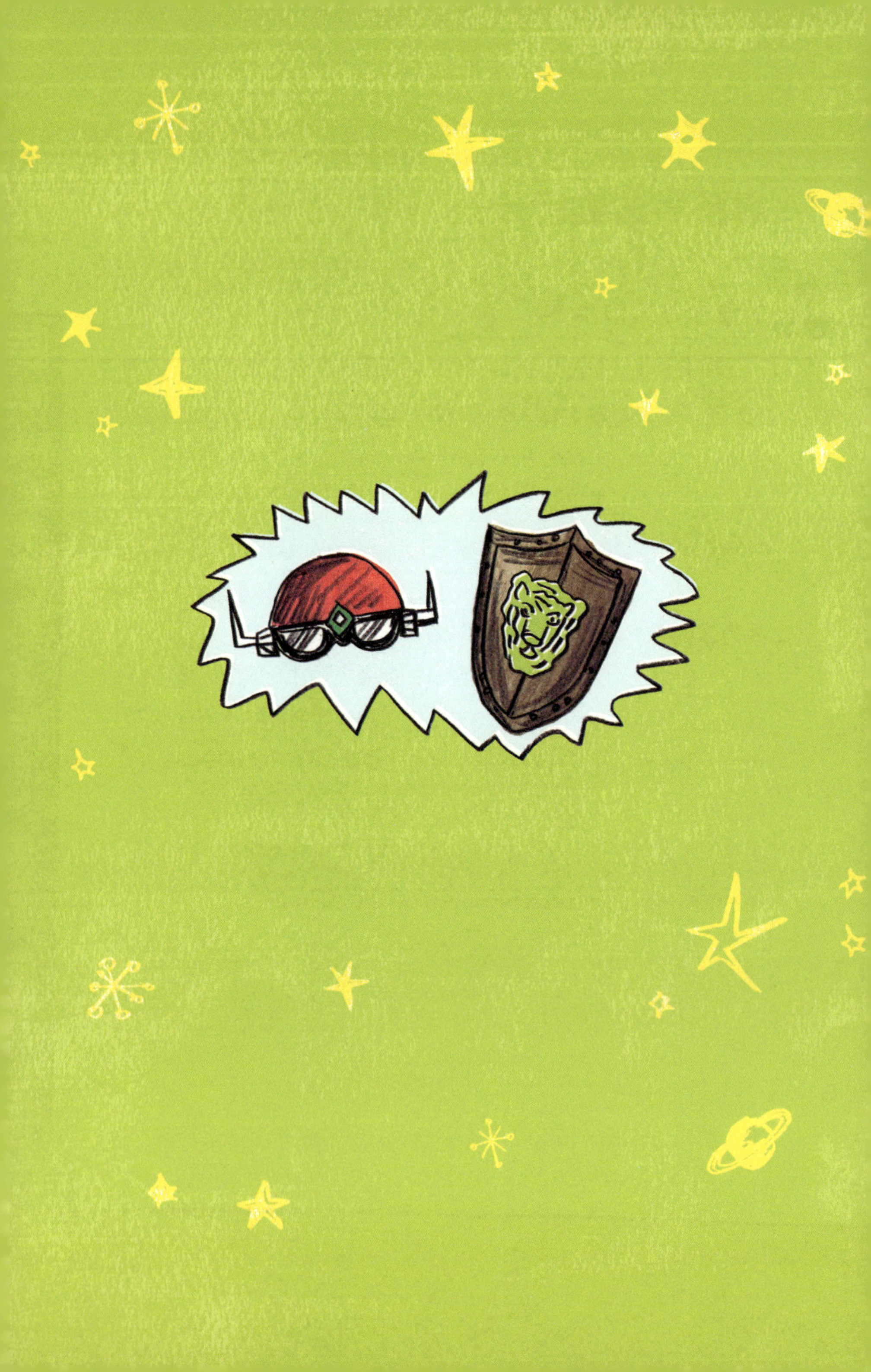

第4章

江小壮和肖大力,英雄出动

"小……小爱?英雄小学四年级7班的罗小爱!"我惊讶地说道。

"是啊,原来你认识啊,她是我女儿。"纳诺曼博士回答道。

小爱竟然是纳诺曼博士的女儿,而且还被恐怖分子当人质挟持了!这次,肖大力又惊讶地喊道:"那些恐怖分子是那些坏蛋啊!就是刚刚想抢我们钱没抢成的坏蛋们!"

还真是他们,在来这里之前追着我们跑的中学生。

从小就专挑坏事做，长大后果然成了坏人。

纳诺曼博士问电脑："距离爆炸还剩几分钟？"

"还剩5分钟。"

5分钟后，如果炸弹爆炸的话，地铁站里所有的人都会死的！纳诺曼博士按了一下屏幕，出现了炸弹隐藏的位置。

"炸弹一共有3个，恐怖分子的要求是什么？"

"他们要一笔巨款和逃跑用的私人飞机。"

纳诺曼博士恨恨地握紧了拳头，对我们说道："没有时间了。江小壮，肖大力，你们快点儿决定。是立刻变成英雄打败恐怖分子，拯救人质，还是要眼睁睁看着炸弹爆炸，人们都死去？"

我看向屏幕，看到了瑟瑟发抖的人们，也看到了小爱。我不能当胆小鬼！

我决定要成为钢铁侠。

"我要当英雄，当钢铁侠，打败恐怖分子，拯救所有的人。"

肖大力稍微犹豫了一下后也站了出来。

"我也要当英雄，不能让江小壮一个人去。"

纳诺曼博士高兴地说："很好，谢谢你们。那现在快点儿变身成钢铁侠和大力神吧！"

纳诺曼博士让我站到挂在墙上的机器人战服前面，之后战服慢慢地向我靠近，穿到了我的身上。战服看起来很重，但因为是用碳纳米管做的，所以其实非常轻，像什么都没有穿一样。

我终于成为钢铁侠了。肖大力也披上斗篷拿起枪和盾牌，摇身一变成了大力神。

"知道怎么用斗篷吧？只要挡住脸，全身都会隐形，这个是可以冰冻炸弹的冰枪。"

纳诺曼博士把眼镜电脑递给我们，说道："戴上这个，你们可以听到我的声音。就算肖大力用斗篷隐形，江小壮你也可以看得到。"

我们戴上眼镜电脑，坐上了磁悬浮汽车。纳诺曼博士向我们喊道："拯救地球的勇士们，出发吧！"

我们也喊道："出发！"

话音刚落，汽车像离弦之箭一样飞速跑了起来。汽车悬浮飞驰在距离地面5米高的透明轨道上，感觉就像坐过山车一样。但一眨眼的工夫，就来到了地铁19号线未江小壮和肖大力，英雄出动！

来站。

地铁站口，警察正在疏散人群。车一停，所有人的目光都投向了我们。我们刚一下车，就响起了阵阵欢呼声。

"哇哦！"

这时耳边响起了纳诺曼博士的声音。

"只剩3分钟了，快！"

我们飞速跑向地铁站内，警察立刻为我们让出了一条路。我马上对肖大力说："我开门进去镇住恐怖分子，你把炸弹找出来，用冰枪冰冻掉！"

为了所有人的安全，首要任务是拆除炸弹。想要避开恐怖分子拆除炸弹，使用隐形斗篷是最好的方法。

"知道了！"肖大力快速把隐形斗篷披上并回答道。我看到后惊呆了，喊道："哇！消失了。"

但是戴了眼镜电脑后，我还是能清楚地看到肖大力。我们下到了站台，之后我大步走向列车抓住了车门。随即，门弯曲着打开了，就像电影里演的一样。

"搞什么！"

我一出现，慌张的恐怖分子就开始朝我开枪。但我是谁啊，我可是天下无敌的钢铁侠！我可穿着超强机器人战服呢！轻轻松松就能挡住子弹。

趁恐怖分子瞄准我的空隙，肖大力用盾牌挡着子弹，一直在寻找炸弹。

聚在一起的人们也开始快速地跑向旁边车厢。

一个恐怖分子开着枪向我跑来，但我一拳把他打倒在地，夺走了枪。之后，又压制住了另一个持枪向我跑来的恐怖分子。

这时，传来了一声惨叫。

"啊！"

是小爱。其他人都逃跑了，但一个恐怖分子仍抓住小爱做人质。

我突然不敢动了，因为贸然行动的话，小爱可能就会受伤。终于，肖大力找到了一个炸弹，用冰枪把它冰冻了。现在只剩两个炸弹了。

纳诺曼博士焦急地大喊："只剩30秒了！"

肖大力又快速地找到了一个炸弹并用冰枪冷冻了，现在就只剩一个炸弹了。

这时，恐怖分子抓着小爱大喊道："游戏到此结束，10秒后我们全都会粉身碎骨的，啊哈哈哈！"

10秒之内如果找不到最后一个炸弹的话，不仅列车里的恐怖分子，我、肖大力、小爱，还有刚刚逃出列车的人们、站台上的警察，所有的人都会死。

这时，纳诺曼博士焦急地喊道："左边椅子下面！快！"

纳诺曼博士用炸弹识别系统找到最后一个炸弹，告诉了肖大力。

"找到了！"

肖大力快速地用冰枪冰冻住了炸弹。

时间定格在了爆炸3秒前，恐怖分子惊讶地大喊："怎么回事？为什么没有爆炸？"

这时，肖大力脱下隐形斗篷说道："因为我用冰枪把它们全冰冻住了。"

"你……你是谁啊？"

趁着肖大力用无敌盾牌挡子弹，我用力捶恐怖分子抓着小爱的胳膊。

"呃啊！"

恐怖分子随即倒地，我把小爱拉到了我这边。肖大力压制住了倒地的恐怖分子后，通过画面看到我们的纳诺曼博士向站台的警察下达了指令。

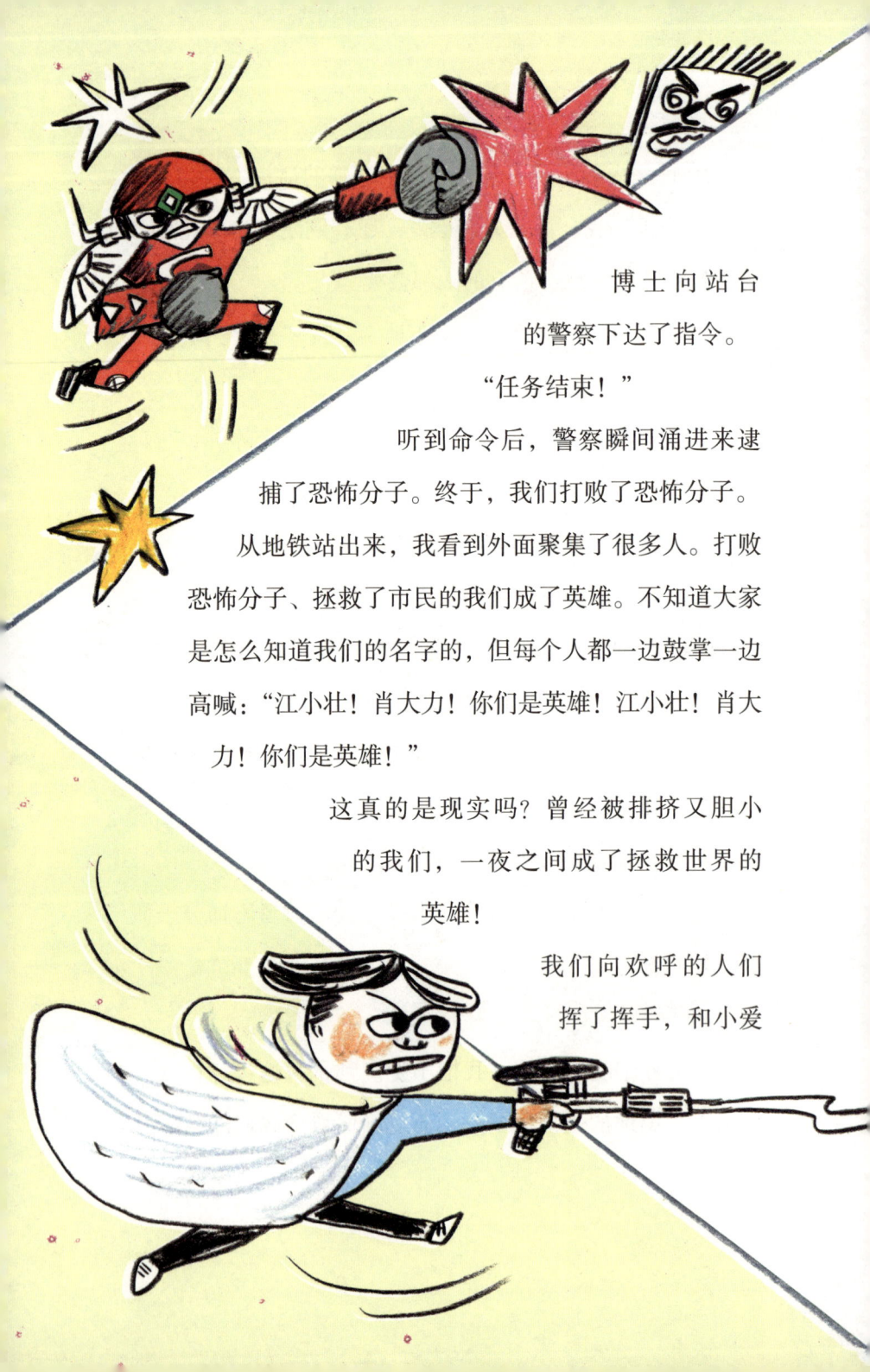

"任务结束!"

听到命令后,警察瞬间涌进来逮捕了恐怖分子。终于,我们打败了恐怖分子。

从地铁站出来,我看到外面聚集了很多人。打败恐怖分子、拯救了市民的我们成了英雄。不知道大家是怎么知道我们的名字的,但每个人都一边鼓掌一边高喊:"江小壮!肖大力!你们是英雄!江小壮!肖大力!你们是英雄!"

这真的是现实吗?曾经被排挤又胆小的我们,一夜之间成了拯救世界的英雄!

我们向欢呼的人们挥了挥手,和小爱

一起坐上了
磁悬浮汽车。汽车
把人们的掌声远远甩在了
后面,疾驰起来。

又是一眨眼的工夫,我们回到了纳诺曼博士的研究室。小爱先从车上下来,拥抱住了纳诺曼博士。

"爸爸!"

"没事吧?"

"没事。"

纳诺曼博士拍着我们的肩膀说:"辛苦你们了,第一个任务完成得非常圆满!感觉怎么样?当英雄的心情如何啊?"

"说不清楚,但是非常开心。因为能够拯救陷入危险的人们……"

肖大力也兴奋地说道:"真的太开心！太酷了！"

"江小壮,肖大力,你们就是英雄,谢谢你们救了我！"

听了小爱的话,我害羞地挠了挠头。

"以后也一起努力吧,哈哈哈。"纳诺曼博士说道。

但是肖大力的表情却越来越沉重。

"对不起,纳诺曼博士。我要回去了,妈妈身体不舒服,不能让她一个人待着。我要替妈妈送牛奶,还要挣好多钱给妈妈治疗腿伤。"

不知不觉,肖大力眼睛里噙满了泪水。我甚至都忘记了家人的生日……现在爸爸妈妈应该也发现我不见了,正在找我呢吧？

就在这时,我突然想到了一件事,新闻曾报道过纳诺曼博士研发了用于制造人工关节的新材料。

我马上向纳诺曼博士问道:"纳诺曼博士,你研发了用于制造人工关节的新材料是吧？可不可以用这个治疗肖大力妈妈的腿伤呢？"

"人工关节？"肖大力惊讶地反问道。

纳诺曼博士回答说:"是的,15年前成功研发出来了。我现在也想立刻用这个治疗肖大力妈妈的腿伤,但是有问题。"

"有问题？什么问题呢？"肖大力问道。

"要把你妈妈带过来，但现在这是不可能的，因为通往未来的时间隧道已经关闭了。"

肖大力的脸上写满了失望。

"看来，我果然还是要回去了。江小壮，你留在这里继续做帅气的英雄吧，带上我的那份一起，你可以做到的，是吧？"

我犹豫了。说实话，成为英雄，拯救出了陷入危险的人们之后，真的非常想就这么一直去拯救世界。我想永远摆脱弱小、被排挤的我，想永远做英雄。

但我不能让肖大力一个人走，自己留下来。迄今为止，真心对我的朋友只有肖大力，所以，我要对肖大力讲义气。

"纳诺曼博士，那我回到现在，再去找纳诺曼博士您的话，可以给我人工关节的新材料吗？"

"我可能会认不出你来，但如果你能说服我的话，我当然会非常乐意给你人工关节的。"

我下定了决心。

"那我先回去了，之后会去找您，让肖大力的妈妈能做上手术。"

肖大力眼泪汪汪地说道:"江小壮,谢谢你!"

纳诺曼博士短暂思考了一下后,似乎下定了决心,说道:"好吧,你们一定要回去的话,我就不强留了。虽然有点儿可惜,但你们回去的时候注意安全。"

"谢谢纳诺曼博士给了我们这么好的机会。"

"我也是,以后我要当个有勇气的人。"

"好啊,你们两个也真的非常帅气!希望下次见面时,你们会成为更优秀的人。"

"我们会的!"我们大声回答道。

这段时光虽然非常短暂,但却像电影一样精彩。即便以后再也回不到这里了,我也不会后悔离开。因为在这里我学到了什么是真正的勇气,也收获了肖大力这个好朋友。

纳诺曼博士伸出手敲了一下地面,我和肖大力站着的地面便打开了。瞬间,我们开始往下掉落,纳诺曼博士的声音越来越远了。

"再见!"

和我们挥手告别的纳诺曼博士和小爱越来越远。完全掉落在黑暗中之后,我们突然陷入了昏迷。

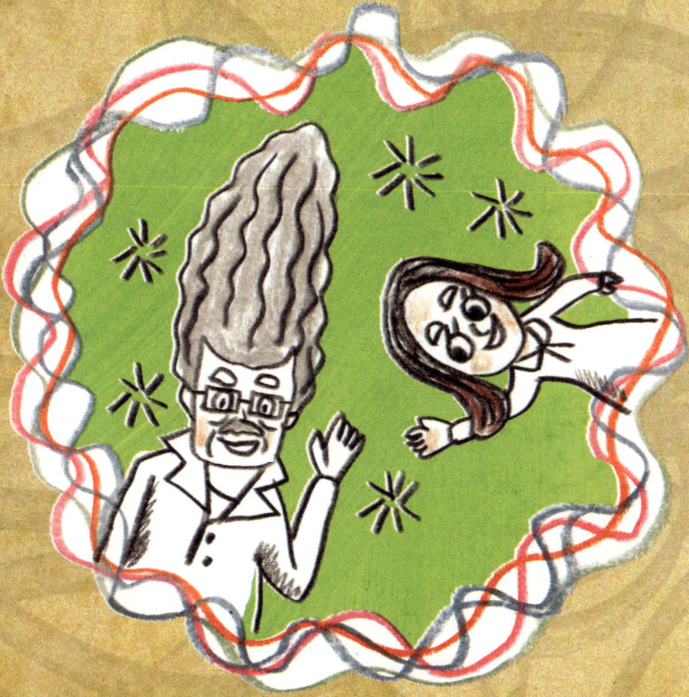

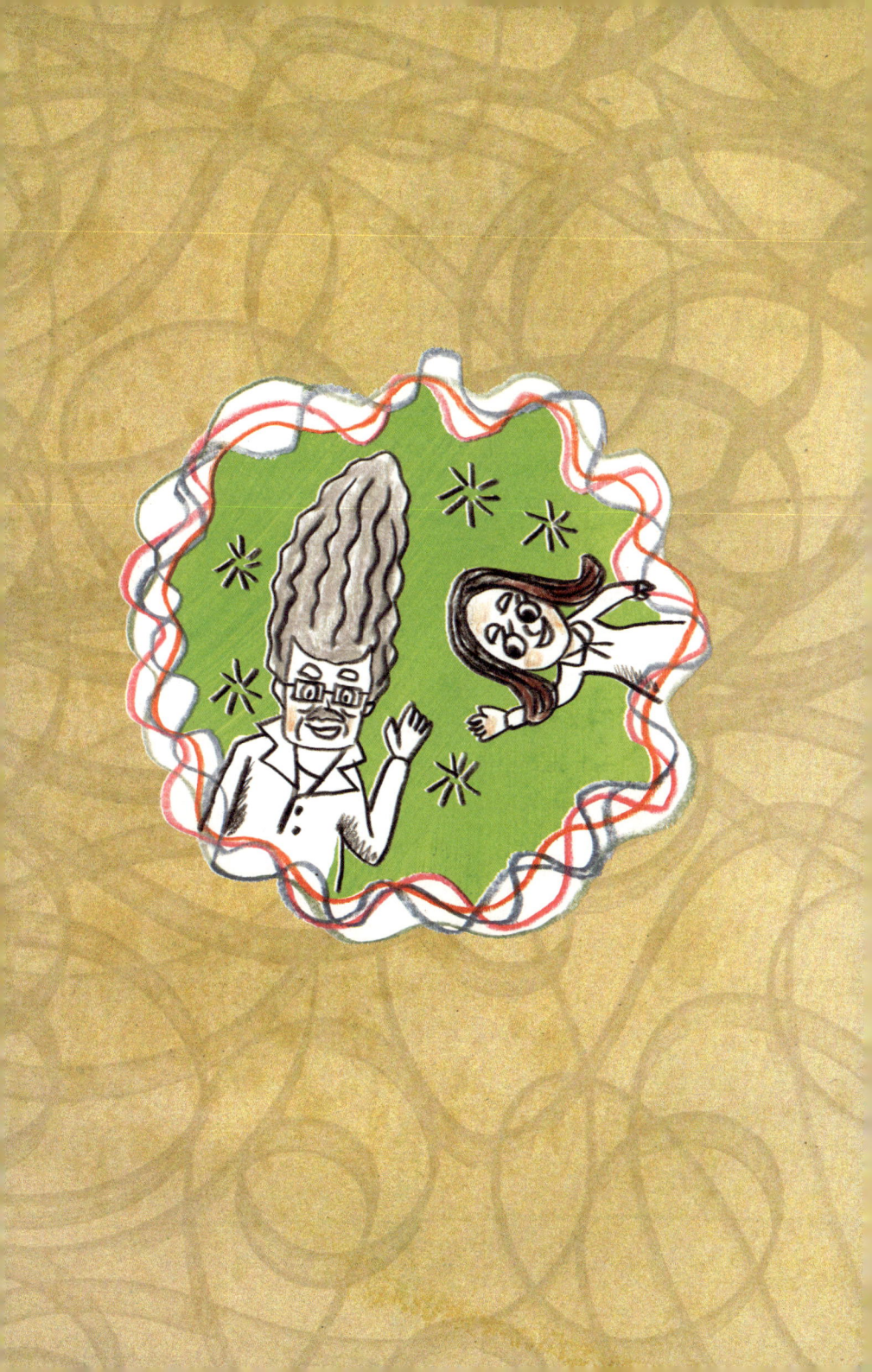

新型生物材料是什么？

适合我们身体的新型生物材料

我们的身体有自愈力，但是，如果伤口太大的话，就不能恢复到原本的样子。尤其是，像骨头或关节等部位更是如此。新型生物材料作为适合我们身体的医用新材料，可以用在各种各样的地方。比如，可以替代骨头、关节和心脏等身体部分，或是作为可以被身体吸收的手术缝合线，或是固定骨头或手术部位的固定物，或是手术时使用的手套。

新型生物材料直接用于我们的身体，因此不能具有毒性或诱发癌症的性质，也不能产生过敏、炎症或弱化周围组织等副作用。新型生物材料要和我们身体的组织完美结合在一起，就像一开始就是一体的一样。而且，用在骨头缝隙间的材料既要非常坚固，同时也要具有适当的弹性，用在关节的材料应不易磨损。

★ 生物陶瓷

陶瓷是用高温将泥土烧制而成的材料，利用陶瓷材料制作的骨骼、关节、牙齿、心脏和瓣膜等就叫作生物陶瓷。

人工关节是用一种叫作氧化锆的新材料制作的，非常符合人体组织且不易引起过敏，因此被用于体内移植和手术器械。

✦ 钛

　　钛是一种金属，非常坚固且轻巧，比同一强度的钢铁轻43%。

　　因为不易腐蚀，被广泛用于飞机的引擎和机身，还有船舶零件等。至今为止，没有在人体内产生过敏反应的案例，因此非常适合人体，常被用于人工关节和心脏起搏器。

打开未来的新材料

✦ 曲面屏

　　曲面屏是一种弯曲的屏幕。通过像纸一样又薄又软的基板，屏幕可以弯曲、对折或卷曲而不损伤。

　　这些年，曲面手机和眼镜电脑不断上市，为了用起来更加方便，还有很多地方需要完善。尤其是电池，为了可随身携带使用，电池需要非常轻薄，同时容量也要够大，而且还要易于弯曲。换言之，电池也要弯曲。

　　如果技术进一步发展，将会出现性能更加优秀的眼镜电脑，或像手表一样可以戴在手腕上或卷起来放在口袋里的便携式电脑。

⭐ 薄膜太阳能电池

所谓薄膜，指的是厚度在 1/1000 毫米以下的非常薄的膜。薄膜太阳能电池是将能把太阳光转换为电能的半导体器件制作而成的。薄膜仅靠传统太阳能电池上使用的半导体的材料 1% 就可以制作。因此，成本也非常低廉，再加上可弯曲这一优点，如今被作为未来电池来研究。

⭐ 形状记忆合金

形状记忆合金就是记忆形状样子的合金。因为可以记忆特定温度下自己的形状，所以即便变形，如果回到特定温度后，也会重新回复原状。最有名的形状记忆合金就是镍钛诺。镍钛诺是钛和镍 1∶1 混合，经过热处理形成的物质。

1969 年美国国家航空航天局决定在月球上安装卫星天线，但问题出在了卫星天线盘子形状的抛物面天线上。因为巨大的卫星天线不仅难以搭载在宇宙飞船上，而且载着巨大的卫星天线飞的话，由于受空气阻力的影响，卫星天线会粉身碎骨。

当时，科学家们利用镍钛诺制作了卫星天线，之后将卫星天线合拢起来安装到了月球上。月球表面如果吸收太阳光的话，温度会上升，折叠着的卫星天线就恢复到了原来的形状，成功地实现了和地球的通信。

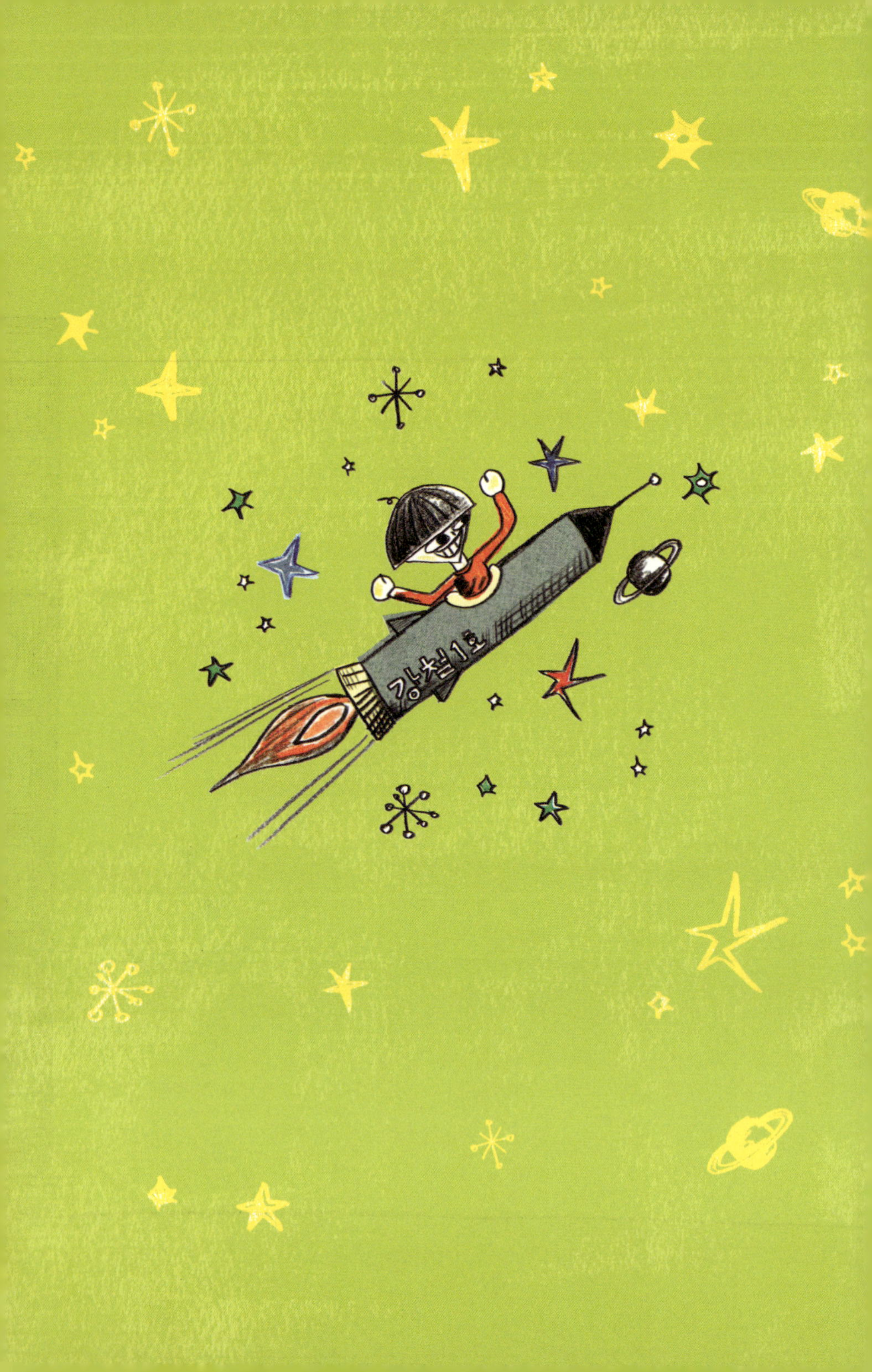
강철1호

第5章

一个新的梦想

一睁眼,周围一片漆黑,我感受到了夜晚寒冷的空气。好像有人躺在我旁边。

"肖大力?"

"江……江小壮!这是哪里啊?"

我刚要转头看看周围,头上不知道什么在沙沙作响。

"我们怎么还穿着这个?"

我们马上脱掉了隐形斗篷,蜷缩在当时为了躲小混混时藏的衣物回收箱旁。

但就在这一瞬间,我们手中的斗篷像被施了魔法一样消失不见了。

"刚刚那些都是真的吗？"

我们一时间说不出话来。

"那个，我刚刚好像做了一个梦，我们去到了未来，你变成了钢铁侠，我变成了大力神。"

"什么？你也做了这个梦？在梦里我们抓了恐怖分子，拯救了市民，是这个梦吗？"

"难道那个不是梦？"

肖大力又伸出胳膊说："你掐一下这里。"

我掐了一下肖大力的胳膊。

"啊啊，疼！"

"我们就把这个当成我们之间的秘密吧，肯定不会有人相信的。"我说道。

"当然啊。"肖大力回答道。

现在我和肖大力之间已经有3个秘密了，我们好像要成为全世界最好的朋友了。

第二天，到教室之后我先找到了小爱，开心地跟她打了招呼。

"小爱，早啊！"

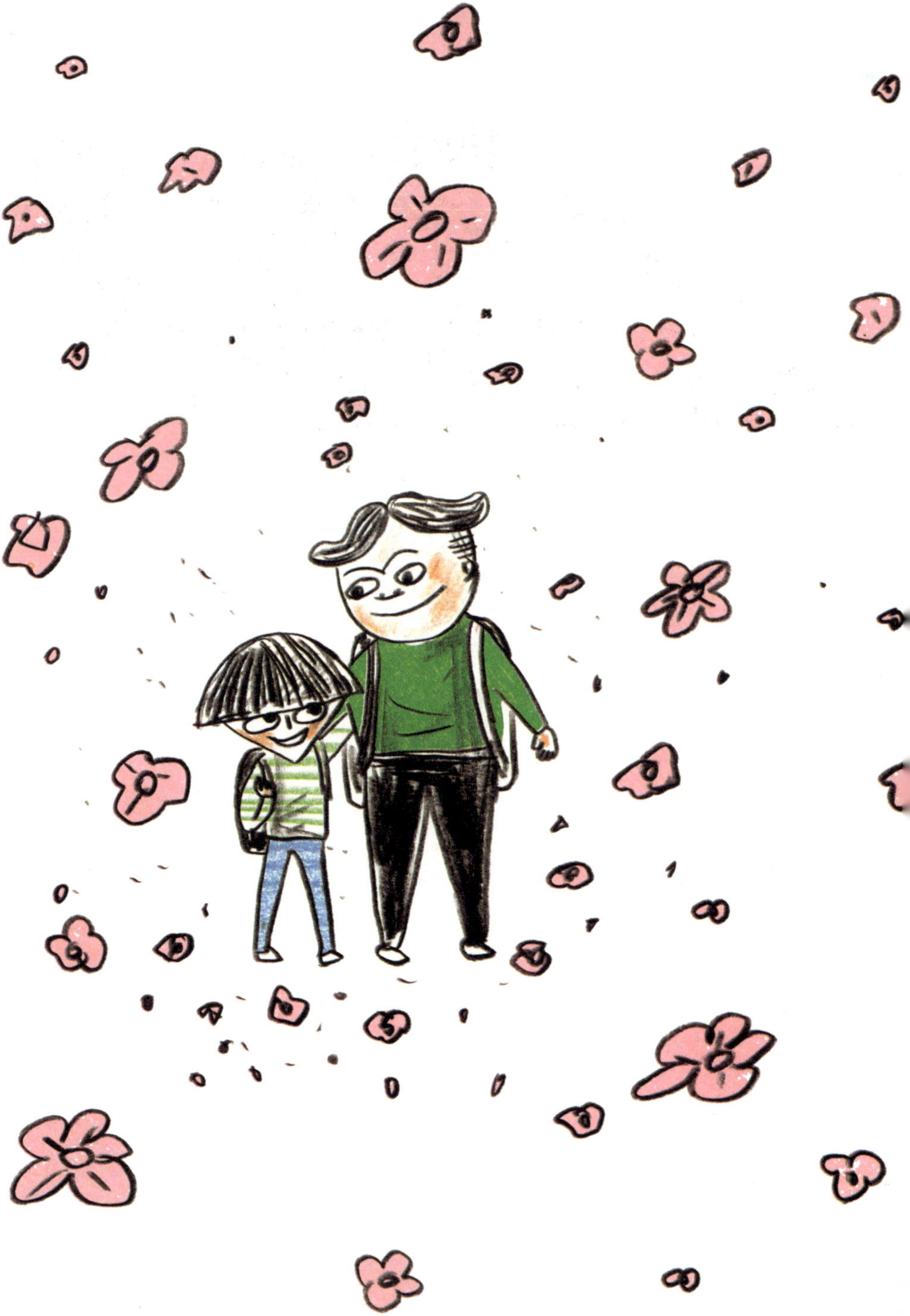

一瞬间,大家的视线都转向了我,小爱也愣了一下。

"啊,对了!小爱不知道我变成英雄的事情!怎么办?气氛好尴尬!"我心里想。

大家开始窃窃私语。

"江小壮今天是怎么了?"

"是啊,吃错药了吗?"

奇怪的是,以前看到大家窃窃私语,我会感觉自己被议论了,心怦怦直跳,肩膀会蜷缩起来,但现在却完全不会。

"早啊,江小壮!"

不知道是不是因为大家窃窃私语,小爱有点儿过意不去,也笑着回应了我。小爱果然是个善良的女孩子。

大家又开始窃窃私语。

"江小壮和小爱关系这么好吗?"

但我不再在意大家的窃窃私语了,仅仅是小爱回应了我就足够开心了。

"是啊!以后再也不会在意他人的目光了,因为不管别人说什么,我都是钢铁侠!"我暗想。

突然,我的全身充满了力量和勇气,开始了从未经历过的全新的一天。

数学课上,老师在黑板上写下问题向我们问道:"谁知道正确答案?"

我稍微犹豫了一下之后,举起手喊道:"我知道!"

大家都惊讶地看着我,老师笑着说:"站起来回答试试。"

我呼地站起来说出了正确答案。

"回答正确!哇,这道题不简单,做得很好嘛,江小壮,不错!"

"哇哦!"

老师称赞我之后,大家都发出了一阵感叹,甚至,连小爱也看着我笑了。

正所谓咸鱼也有翻身之日,我孤单又凄凉的人生也会有这一天啊!只要鼓起一点儿小小的勇气,世界就开始改变了。

到了中午时分,我听到了一个熟悉的声音在叫我。

"江小壮!"

回头一看,肖大力正笑着向我挥手。大家再一次窃窃私语。

"江小壮和肖大力是朋友吗?"

"不知道。"

我得意扬扬地站了起来，朝肖大力走去。

"走吧。"

在大家羡慕的目光下，我们去到了运动场。在长椅上坐下后，肖大力问："小爱认出你了吗？"

"没有，完全不认识。"

"嘿嘿。看来真的是我们两个之间的秘密呢。"肖大力咯咯笑着说道。

"你妈妈怎么样了？"

"前两天休息一下之后，稍微好转了一点儿，又开始出去送牛奶了。我本来也想一起去的，但昨天太累了，睡了个懒觉。"

昨天晚上我也倒头就睡了。以前一到晚上就担心第二天上学，所以经常睡不好。

"能跟你这样谈心真好。从现在开始，妈妈有腿伤和送牛奶也不再是秘密了。"

"什么意思？"

"我仔细想了一下，以前觉得这些事情很丢人真的太傻了，这也不是什么丢人的事情。嘿嘿嘿。"

肖大力看起来更稳重了，我也鼓起勇气说道："有可

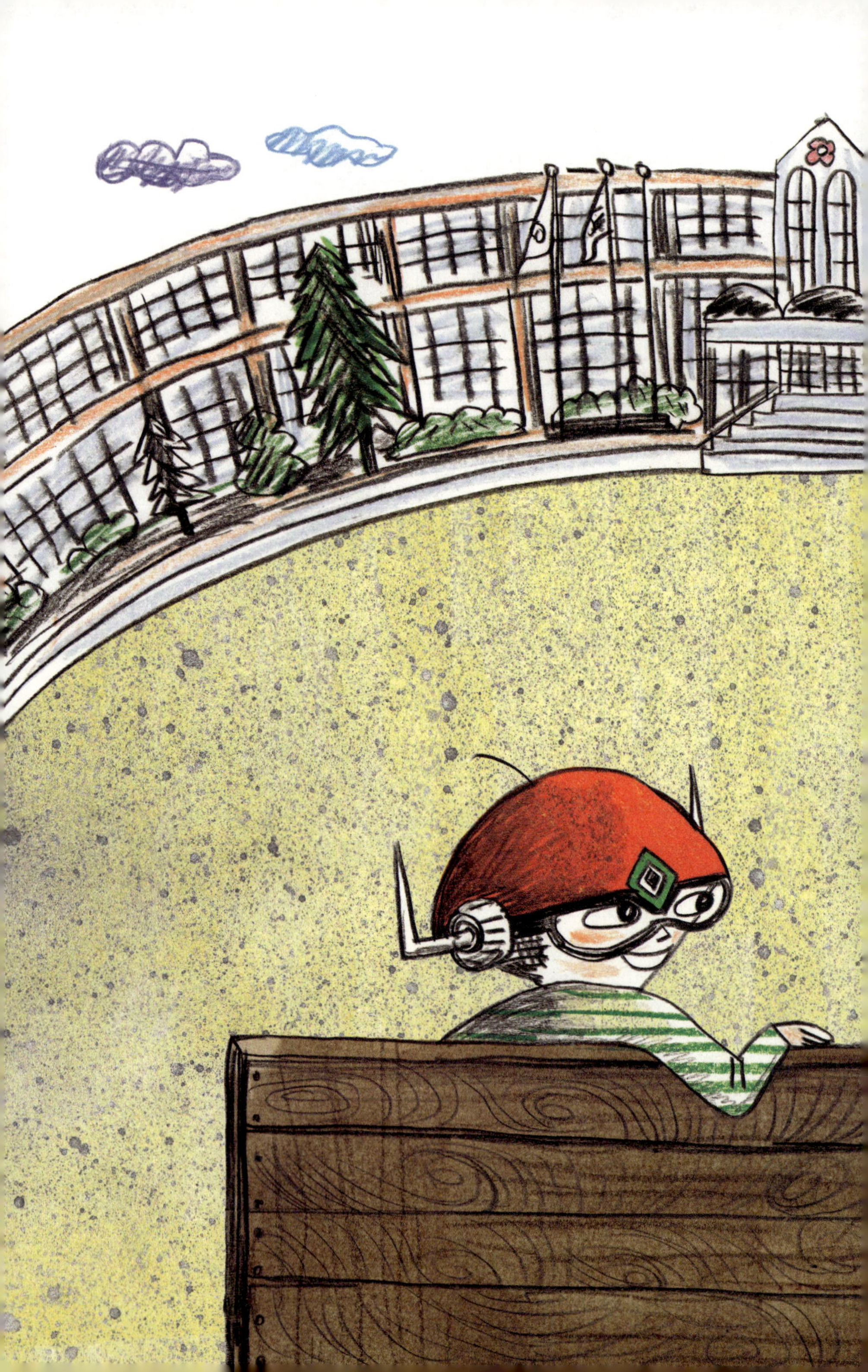

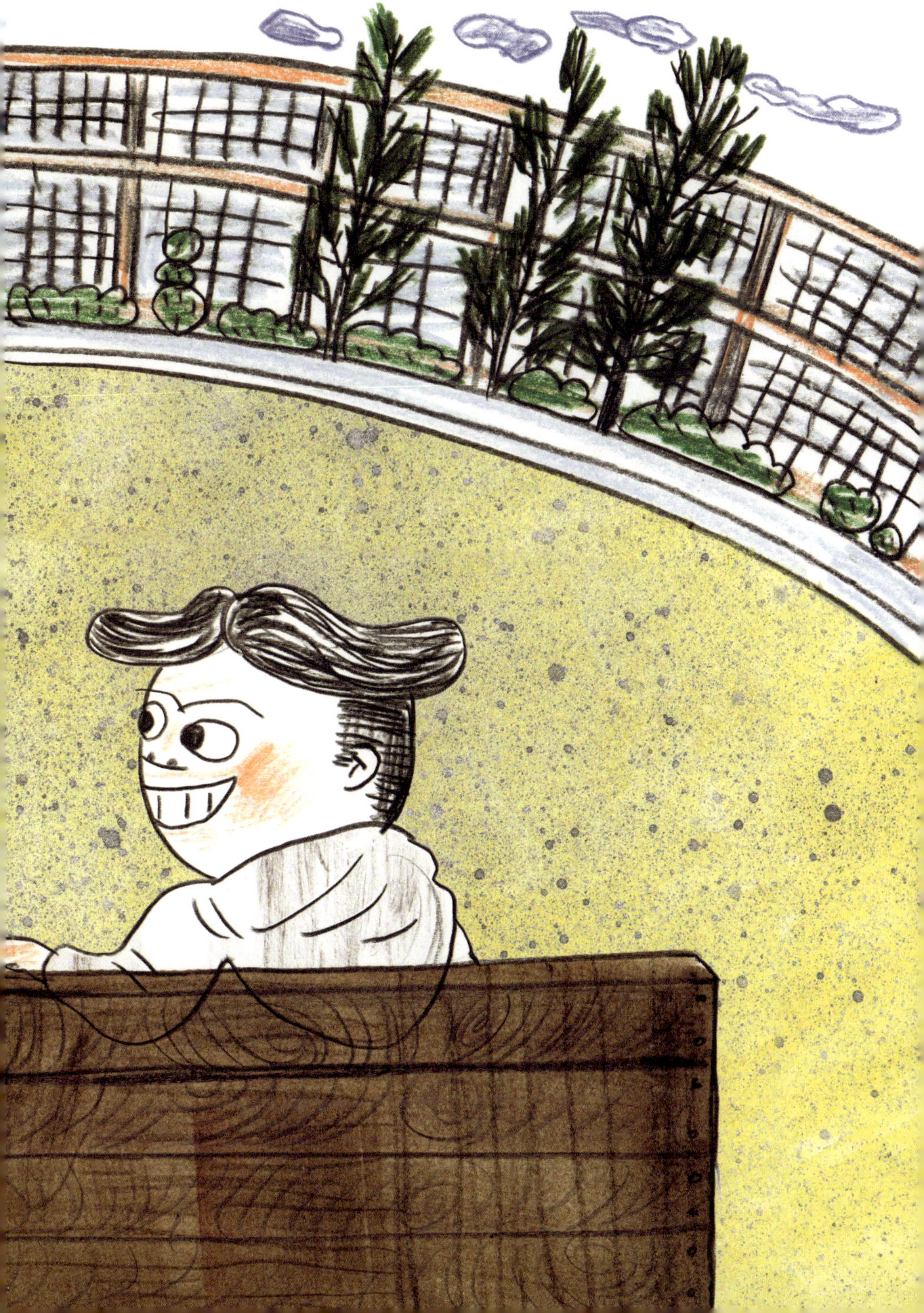

以一起度过午休时间的朋友，其实我也很开心。"

交到真心的朋友原来是这种心情啊。

"今天放学后，我们一起去找纳诺曼博士吧，我问一下小爱，纳诺曼博士的研究室在哪里。"

"谢谢你，江小壮。"

"谢什么，我们是朋友啊。"

"是啊，我们是朋友。"

"哈哈哈。"

我们搭着肩膀嘻嘻哈哈地回到了教室。之后，我走到了小爱的座位旁。

"小爱，我有问题想问你。"

小爱有点儿惊讶地看着我，笑着问道："可以啊，什么问题？"

这时大家本应窃窃私语才对，但却非常安静。大家现在似乎已经不关注我的一举一动了，都自己忙着自己的事情。

"你爸爸是纳诺曼博士对吧？"

小爱惊讶地问道："嗯，你怎么知道的？"

"这个以后告诉你，我有问题想请教纳诺曼博士，可以带我去见他吗？"

小爱犹豫了一下回答道："好吧，不是什么难事。待会儿放学后，一起去爸爸的研究室吧。"

"谢谢。"

我回到座位之后，小爱的同桌美善惊讶地瞪大双眼问道："你和江小壮关系这么好吗？"

我竖起了耳朵。

小爱回答道："我们是一个班的同学，关系当然好啦，我们两个关系也很好啊。"

不愧是小爱！不仅长得美，心地也善良。

放学后，我和肖大力跟着小爱来到了纳诺曼博士的研究室。

"您好！我叫江小壮。"

"您好！我是肖大力。"

"你们是小爱的同班同学吗？"

"是的。"

我回答后，肖大力说道："我是隔壁班的。"

"你们好啊，这是小爱第一次带男生朋友回家呢。"

"爸爸！"

纳诺曼博士开了句玩笑,小爱的脸一下子变红了。现在的纳诺曼博士完全认不出我们了。

"两天前我在新闻上看到纳诺曼博士了,那是我第一次了解什么是材料工程,材料工程师是做什么事情的。所以,想见见纳诺曼博士您。"

肖大力和罗小爱眼睛瞪得圆圆地看着我,说实话,我也是才知道自己这么会说话。纳诺曼博士笑着回答道:"江小壮,你对材料工程很感兴趣嘛。"

我接着说道:"是的,材料工程给我们的生活带来了翻天覆地的变化,真的让人惊叹。我听说纳诺曼博士研发出了一种人工关节,这个关节什么时候可以开始使用呢?"

纳诺曼博士面带微笑地说道:"现在关于是否适合人体,是否有副作用的实验都已经结束了。但是,如果想用于手术的话,还需要一段时间,价格也比较贵。可能要明年才能开始大量生产,到时候普通患者才能使用。为什么问这个问题呢?"

这时,肖大力站出来回答道:"实际上,我妈妈的膝盖关节全部坏死了,走路非常辛苦,所以需要手术……"

不知不觉,肖大力眼睛里噙满了泪水。

我又接着说道:"所以纳诺曼博士,你能给我们那个材料吗?"

纳诺曼博士想了一下,面露难色地说道:"虽然还剩一些实验的样品,但是只有材料不能解决问题,因为我不会做手术。我也很想帮助你们,但是真的很抱歉。"

我马上说道:"我可以拜托我爸爸,我爸爸是韩国最有名的外科医生,做过很多关节手术,他一定可以帮我们的。"

这时,小爱说道:"爸爸,请帮助他们!"

纳诺曼博士思考了一下,痛快地回答道:"可以,我被你们的善良和勇气打动了。如果你爸爸可以做手术的话,我也会帮助你们的。"

肖大力一下站了起来,说道:"谢谢纳诺曼博士,真的谢谢您。罗小爱,江小壮,也谢谢你们。"

纳诺曼博士拍着肖大力的肩膀说道:"有这么孝顺的儿子,你妈妈一定很高兴。"

我和肖大力准备马上动身去爸爸的医院,这时小爱问道:"我也可以一起去吗?"

我马上回答:"当然可以啊。"

爸爸很快接受了我们的建议。"我当然要帮助你们啊，能用纳诺曼博士开发的材料做第一场手术，也是我的荣幸啊。哈哈哈。"

"谢谢！谢谢！"肖大力又站了起来说道，眼睛里充满了喜悦的泪水。

一周后，午休时间我和朋友开心地在踢足球。在我鼓起勇气后，大家对我的态度和从前不一样了。同桌大哲主动问我要不要踢球，我非常痛快地答应了他。

虽然我不太擅长踢球，但非常努力想要踢好，大家似乎也认可了我。就这样一周过去了，现在我可以跟更多朋友大大方方地聊天了。我第一次感受到原来学校是这么快乐的地方。

一下课，我就马上收拾好了书包，因为今天是肖大力妈妈做手术的日子。现在手术应该已经结束了。

这时小爱叫住了我。"江小壮，我也要一起去医院。"

不知什么时候开始，我、小爱还有肖大力变成了非常亲密的朋友。

"好啊，一起去吧。"

到了医院，我们看到纳诺曼博士和肖大力站在手术室门口。肖大力因为担心妈妈坐立不安，纳诺曼博士安慰肖大力说："手术一定会成功的，不要太担心。"

肖大力点了点头。

就在这时，手术室门开了，爸爸走了出来。肖大力一下站了起来问道："手术怎么样？"

爸爸拍着肖大力的肩膀回答道："手术很成功，一个小时后你妈妈就会从手术室出来了。"

"谢谢叔叔！谢谢纳诺曼博士！"

肖大力流着泪向爸爸和纳诺曼博士表示感谢，我和小爱也忍不住流下了眼泪。

几天后，我和肖大力讲了我的一个新的梦想。

"长大后，我要成为材料工程师。"

肖大力听后随即问道："真的吗？你不想当钢铁侠吗？"

"我既要当英雄，也要当材料工程师。"

"这样很好啊！那我既要当材料工程师，也要当大力神。"

"好啊！我们拉钩！"

"拉钩！"

我们勾了勾小拇指，约定要一起成为优秀的材料工程师，还要一起成为英雄。

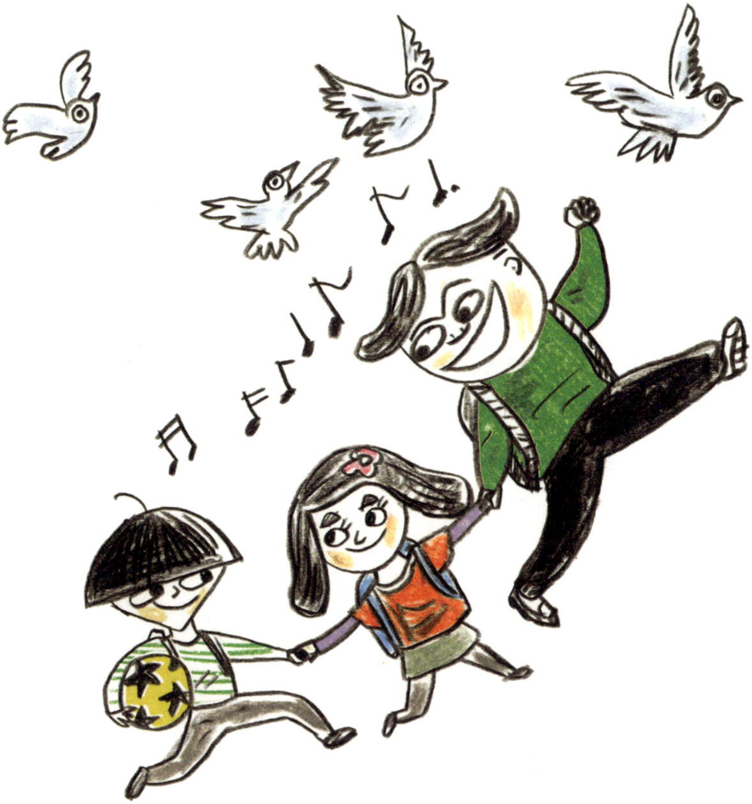

你想成为材料工程师吗?

材料工程师的工作

材料工程师研究材料具有什么性质,是由什么结构形成的。物质的特征受构成成分和结构的影响,成分指的是形成碳、氮、铜等物质的元素,各个成分结合在一起的形态就叫作结构。材料工程师了解物质的特征之后,也会思考可以利用这些特征的多种方法。

同时,材料工程师也会发挥原有材料的优点来弥补弱点,以此制作出更好的材料。或者是,寻找至今未被发现的新材料。比如研究不会被火烧着的塑料、非常轻的金属、不会被腐蚀的塑料、完全适合我们身体的陶瓷等,让它们具有更卓越的性能。

不仅如此,材料工程师还会制订工序,确定已开发的新材料的流程。为了让人们能用上新开发的新材料,要在工厂大量生产。这个过程就叫作"工序",而工序也是由材料工程师计划的。

成为材料工程师的方法

为了成为材料工程师,要对周围事物和原理充满好奇心,还要具备想象力,不断思考比现有物质更好的物质是什么。

"自行车是用什么做的呢？""橡皮不能用塑料来做吗？""让电脑屏幕悬浮在半空中怎么样呢？""用什么可以做出炸弹爆炸也不会破裂的头盔呢？"……拥有好奇心，尽情发挥想象，才可以成为更加出色的材料工程师。

因此，想成为材料工程师，要靠源源不断的好奇心去观察事物，寻找各种各样的资料。并且，多看一些展望未来的科幻电影或小说，也可以提高兴趣。

但是，仅靠好奇心和想象力是无法理解材料的成分和结构，或开发出新材料的。还要具备化学和物理领域的知识，为此，你几乎每天都要努力学习新的理论知识。不仅如此，材料工程师通过无数实验和研究才能取得成果，所以还需要细心、专注和耐心。

想要成为材料工程师，需要进入大学学习专业知识。毕业之后，可以在半导体、电子、显示屏、石油化学、汽车、炼铁等各种领域工作。

图书在版编目（CIP）数据

我的隐形斗篷 /（韩）高嬉贞著；（韩）金旼俊绘；周靖童，金晶译. -- 北京：中信出版社，2023.6
（"小学生前沿科学奇遇记"系列）
ISBN 978-7-5217-3711-0

Ⅰ.①我… Ⅱ.①高…②金…③周…④金… Ⅲ.①长篇小说－韩国－现代 Ⅳ.①I312.645

中国版本图书馆CIP数据核字（2021）第253800号

강철맨과 투명 망토
Text copyright © 2015 by Ko Heejung
Illustration copyright © 2015 by Kim Minjun
All rights reserved.
Originally published in Korea by Gimm-Young Publishers, Inc.
This Simplified Chinese edition was published by CITIC Press Corporation in 2023 by arrangement with Gimm-Young Publishers, Inc. through Arui SHIN Agency & Qiantaiyang Cultural Development (Beijing) Co., Ltd.

本书仅限中国大陆地区发行销售

我的隐形斗篷
（"小学生前沿科学奇遇记"系列）

著　者：[韩]高嬉贞
绘　者：[韩]金旼俊
译　者：周靖童　金晶
出版发行：中信出版集团股份有限公司
　　　　　（北京市朝阳区东三环北路27号嘉铭中心　邮编　100020）
承　印　者：宝蕾元仁浩（天津）印刷有限公司

开　　本：880mm×1230mm　1/32　　印　张：3.5　　字　数：60千字
版　　次：2023年6月第1版　　　　　 印　次：2023年6月第1次印刷
京权图字：01-2021-5708
书　　号：ISBN 978-7-5217-3711-0
定　　价：19.80元

出　　品：中信儿童书店
图书策划：将将书坊　　　 策划编辑：张慧芳　高思宇　　 责任编辑：王琳
营销编辑：杜芳　　　　　 封面设计：周宴冰

版权所有·侵权必究
如有印刷、装订问题，本公司负责调换。
服务热线：400-600-8099
投稿邮箱：author@citicpub.com